お前の亭主は、よほど用心深いか嫉妬深いかだな。なんにしても大層な貞操帯だ。

極・妻

CROSS NOVELS

日向唯稀
NOVEL: Yuki Hyuga

藤井咲耶
ILLUST: Sakuya Fujii

CROSS NOVELS

CONTENTS

CROSS NOVELS

CONTENTS

極妻
GOKUTSUMA
CROSS NOVELS

1

ときおり雫《しずく》は夢に見る。幼い雫は我を忘れて木刀を振り下ろしていた。

〝来て――――誰か来て！〟

〝どうした香夏子《かなこ》…、雫！〟

赤く、どこまでも赤く広がるそれは、雫の目にも狂気の世界として映し出されていた。

視界に入るものすべてが、どす黒い赤に染まっていく。

まだ生まれて間もない雛《ひな》の亡きがらや、どこからか迷い込んで来た野犬の亡きがら。

庭の花々も小さな手に握られた木刀もすべてが同じ赤に染まって、それを見つけた母には悲鳴を上げさせ、父には衝撃と悲嘆を与えた。

〝やめるんだ。もういい、もう、いいから、やめるんだ〟

〝やだ。だって、こいつが悪いんだよ。こいつが…悪い〟

〝わかってる。わかってるが、もういい。やめろ〟

雫の視界から狂気に満ちた赤の世界を遮《さえぎ》ったのは、大きな身体と逞《たくま》しい腕、それに見合う力強いまでの抱擁《ほうよう》だった。

〝っ…っ。うっっ…っ〟

安堵《あんど》すると、涙が溢《あふ》れ出して止まらなかった。

〝可哀想に…。怖かったな。大丈夫だ。お前が悪いわけじゃない。お前はいい子だ。お前に罪はない〟

たまたま雫の手から離れた雛に野犬が飛びかかったのは、ほんの一瞬のことだった。

あっという間に雛は鋭い牙で噛み砕かれ、雛毛が舞った。そこから先はよく覚えていない。

衝動的に堕《お》ちたとしか思えない狂気の中から救い、雫に正気を取り戻させてくれたのは、どこまでも大きく力強い存在――唯一無二の父だ。

〝雫…、もう二度とするな。こうなる前に俺を呼べ。お前は決して血に飢えた獣《けもの》にはなってはならんのだ…。ましてや沼地に潜む大蛇《おろち》のようになってはならんのだ〟

父は全身全霊で小さな身体を抱き締めながら、呪文のように言い聞かせてきた。

〝お前は、お前だけは沼地の中にあっても咲き誇《ほこ》るような花になれ。未来永劫《えいごう》美しく、そして薫り高く咲き誇れ〟

雫は父の言葉に従い、その後は二度と〝赤い世界〟を見ることがなかった。

〝雫…。俺の宝。沼田《ぬまた》の花――〟

心穏やかに日々を過ごし、父が願ったとおり、美しく歪《ゆが》みなく育っていった。

しかし、そうして二十年の歳月が過ぎたある日のこと――。

「大変です、雫さん。おやっさんが倒れました！」

「父さんが⁉」

雫は、突然の病に倒れた父の姿に衝撃を受けた。

「俺はもう…、駄目だ。そう、長いことはない」

「そんな、そんなこと言わないで、父さん…」

誰より強くて頑丈だった屈強の男が、初めて死期を悟ったように弱音を吐いたのだ。

「雫、大丈夫か雫。お前のほうが、顔色が悪くなって…、雫‼」

あまりに大きすぎる衝撃に耐えきれず、雫はその場で意識を失った。

「雫さん‼」

それは梅雨《つゆ》も明けた初夏のこと。病に倒れた雫の父は、関東でもその名を知られた極道、磐田《いわた》会系沼田組組長・沼田剛三《ごうぞう》――その人だった。

＊＊＊

地域の一区画を囲む高い壁には、重厚な門が構えられていた。

残暑も厳しい八月の終わり、西日本最大規模の収容人数を誇る大阪《おおさか》刑務所の前では、黒塗りのメルセデスがところ狭しと並び始めている。

正門前から壁に沿って車は増えていく一方だ。いったい何台駐《と》まっているのか、一目では把握しきれない。その様子に看守たちの顔色は、優《すぐ》れないものになっていく。

「わざわざ東京《とうきょう》からお出迎えか？　こんなところで騒ぎを起こしたら、即日出戻りやないか」

「案外、それを狙ってたりしてな。大鳳《おおとり》、ほんま組に帰れるんか？」

中でも神経をぴりぴりとさせていたのは、扉の内側から外の様子を探っていた初老の看守と、まだまだ二十代後半の若い看守だった。

本日正午をもって釈放されるのは、関東連合覇凰会《はおうかい》の若き総長・大鳳嵐《あらし》。七年ほど前に起こった東西の極道たちによる抗争がきっかけで逮捕、この大阪刑務所に収容となった三十半ばの男性だ。それだけに、表の車が組員たちのものなら、久しぶりの再会にさぞ感極まるだろう。そうでなくとも、投獄中に面会が叶うのはごく限られた身内だけだ。どんなに慕っていたところで、舎弟たちが大鳳と顔を合わせることはない。

だが、それにしても今日は数が多すぎた。傍にいた看守たちが心配するのも無理はない。ここが東京ならうなずけるが、大阪だ。それも大鳳が逮捕されるきっかけにもなった関西極道がひしめく敵陣の真っただ中だ。

もっとも、だからこそ総力を挙げた出迎えとも思いたいのだが、そもそも大鳳はこんなパフォーマンスを好む男ではなかった。実際そういった指示や教育を組員たちにしてきた覚えもない。では、いったい誰の指示で？　そう考えると、大鳳の表情も険しいものになってきた。組織内の体制が変わったのか、下剋上《げこくじょう》でも起きたのかと胸騒ぎが激しくなる一方だ。

「看守に心配されるようじゃ、俺もおしまいだな。ま、一歩出たとたんにズドンなんてことにはならないと信じたいが。なんせ娑婆《しゃば》を離れて七年だ。俺の立場もどうなっていることやら」

「いや、待て。車のナンバー、東京やない。全部〝なにわ〟やないか。どうなっとんのや？」

しかも、表の車が東京のものでなく、地元のものだとわかるといっそう顔色が悪くなる。

「お前、マジに組のもんに売られたんちゃうか?」

「は?」

洒落《しやれ》や冗談抜きで看守たちから心配されてしまい、間の抜けた声しか出せないでいる。

「鬼栄会《きえいかい》か? 播磨《はりま》なら〝なにわ〟ナンバーばっかりが集まるっちゅうことはないはずやし」

門を出たと同時に発砲されるとは考えづらいが、拉致《らち》される覚悟ぐらいはいりそうだ。

些細《ささい》なことがきっかけの抗争だったとはいえ、複数の犠牲者が出た。特に相手となった組織では、流れ弾に当たって幹部の一人が死んでいる。そのため、いっそう深い爪痕を残してしまったのは、大鳳にも自覚がある。たとえ一連の責任を取り、また漢《おとこ》のけじめとして投獄されることを選んだとはいえ、それでは気のすまない連中がいても不思議はない。

そうでなくとも相手は関西どころか全国区でも凶悪さでは名の知れた鬼栄会だ。未だに恨んで、復讐することしか考えていないかもしれない。大鳳こそが仲間の敵と意気込み、出獄する日を今か今かと待ちわびていたとも考えられる。

『売られた? 馬鹿言えよ。それって看守の中に、出獄日を漏《も》らした奴がいるってことだぞ。俺の身内に知らせるんじゃなく、あえて敵方に知らせた掟《おきて》破りな公務員がよ』

憶測だけでは判断できないが、大鳳は塀の外へ通じる大門を前に、改めて腹をくくった。

一歩外へ出た瞬間から敵陣の中へ飛び込むことになるかもしれない。こうなると、警戒心以上に持って生まれた極道の血が騒ぎ、闘争心のほうが俄然高まってくる。

「いや、見ろ。ロールスロイスのファントム・リムジンまで来やがった。あれは音羽会《おとわかい》総長の車だ。おい、どないなっとんのや？　お前、音羽にまで、どんな恨みを買うてるんや？」

大鳳の緊張を一瞬で解いたのは、驚きを隠せずにいた看守の言葉だった。門の外にいるのが関西一の大組織、音羽会の総長を筆頭とする組員たちだと聞いて、心なしか表情が緩《ゆる》んだ。

「さあ。長いこと檻《おり》の中にいたから忘れちまったな。まぁ、なんにしたって足止め食らうのは本意じゃない。とっとと出せよ。刑務所はどこより時間厳守のはずだろう？」

長い投獄でやつれた印象は隠せないが、それでも艶《つや》やかな眼差しが映える端整なマスクに、極上の笑みが浮かんだ。

「しかし」

咄嗟《とっさ》に大鳳の腕に手を伸ばしたのは、若い看守のほうだった。

「心配してくれてありがとうよ。世話になったな。んじゃ」

「大鳳！」

それでもその手を振り切り、大鳳は颯爽《さっそう》と歩き始めた。上質なスーツの襟《えり》を正し、ポケットから取り出したサングラスをかけると、足早に漆黒のファントムへ近づいていく。

「お疲れ様でした」

すると、すでに車から降りて待ち構えていた百人以上の男たちが、いっせいに声を上げて、お辞儀《じぎ》をしてきた。

「悪いな、気を遣わせて」

臆することなく大鳳が答え、男たちの中の一人がファントムの後部席のドアを開く。

「よう。お疲れさん」

中からやけに人懐《ひとなつ》っこい笑顔で声をかけてきたのは、大凰より少し若めの男。

大凰は軽くうなずき、声をかけてきた男の隣へ乗り込んだ。

心配からか好奇心からか目を凝《こ》らしていた看守たちが様子を窺《うかが》う間もなく、外からファントムのドアが閉められる。スモーク張りのガラスにカーテンまでつけられた窓から車内を見ることは叶わない。人目がなくなり、大凰もようやく安堵《あんど》したのか、ホッと溜息を漏らす。

「思ったより元気そうやないか。ずいぶん看守に懐かれとったみたいやが、もしかして若いほう、食ったんやろう？」

四人が向かい合って寛《くつろ》げる豪華な後部席には、先にスーツ姿の男が三人ほど乗っていた。

一人は大凰の右隣、進行方向の右奥に座るファントムの持ち主、音羽会総長・音羽柾《まさき》。その笑顔や態度だけを見るなら、今時テレビでよく見るようなイケメンタイプだ。

とてもではないが、兵隊一万とも二万とも言われる一大組織の総長とは思えない。綺麗《きれい》にセットされた茶髪にクリクリとした双眸《そうぼう》は実年齢よりも若く見せ、むしろ彼の隣で寡黙《かもく》に控える若い側近や、大凰の前に座っていた覇凰会の大幹部、この中では一番の年長者でもある還暦を迎えたばかりの橋爪寿夫《はしづめひでお》のほうが、よほど風格も厳つさもあるほどだ。

「なんのことだ？」

だが、こんな音羽の人柄もあるのだろう。走り出した車内に漂う空気は穏やかで、大凰にはとても心地のいいものだった。

「ええやないか、隠さんでも。たまにおるらしいもんな〜、同じ部屋の奴どころか見目のいい看守まで食う悪食《あくじき》が」

大鳳は、話がてら音羽から煙草を差し出されると、躊躇《ためら》うことなく手を伸ばした。

と同時に、音羽の若い側近からはライターを向けられて、至れり尽くせりの状態だ。数分前まで置かれていた世界とは打って変わって極楽だ。

「悪かったな、悪食で。独りで耽《ふけ》るよりは健全だろう？　それに、手なずけておけば、多少なりにも待遇はよくなるしな」

ただ、どちらかといえばクールでニヒルを地でいく大鳳も、彼のよすぎるノリには敵わなかった。ついつい釣られて、こんなことまで白状させられる。

会話の内容が内容だっただけに、大鳳の隣では橋爪が困ったような顔をしている。口こそ噤《つぐ》んでいるが、瞼《まぶた》は開きっぱなしで、しばらく閉じられなかったほどだ。

「それより音羽。なんなんだよ、この出迎えは？　どういうつもりだ？」

大鳳は、『これはしまった』と、すぐさま話題を切り替えた。出所早々、数少ない友人だと認める音羽と会えたことは嬉しいが、それだけではすまないのが互いの立場だ。

一個人同士で会って騒ぐなら、なんの問題もない。

だが、音羽はこれから出入りにでも行くのかというほど舎弟を引き連れて現れた。今でもファントムを死守する何十台ものメルセデスが、速度を合わせて前後左右を走行中だ。

「あんたんとこの組のもんにゾロゾロ来られたら、必ず一つや二つ問題が起こるやろう。そうやなくとも、こっちには戦争起こすきっかけが欲しいド阿呆《あほう》が山のようにおるんや。せやかて、せっかくの日に勝手をして悪いとは思うたが、迎えはうちが引き受けるちゅうことで、覇凰会には納得してもらったんや。わいの命に代えても大事な総長はんは無事に送り届けるさかい、迎えはせいぜい一人か二人にしたって言うてな」

「ほー。で、そんな言い訳までして俺の名前を上げて、どうしようっていうんだ？」

それらしくも、とってつけたようにも聞こえる説明に、大鳳は半信半疑になった。

「勘ぐりなさんな。あんたにはぎょうさん借りがある。返せるときにしっかり返さんと、こっちも漢がすたるやろう？」

そういうことかとわかると、大鳳は紫煙を吐きながら長い足を組み替えた。音羽が口にした〝借り〟とは、大鳳が七年も刑務所に入る羽目になった抗争のきっかけのことだ。

なんてことはない――――それは当時、大鳳が地元でよく見かける光景だった。

野暮なチンピラたちが学生相手に息巻いていたところに出くわし、それを大鳳が止めに入った。だが、粋《いき》がったチンピラたちが刃物を取り出し、むやみに振り回したがために、学生を庇《かば》った大鳳に怪我を負わせたのだ。

しかし、さすがにこれには、大鳳の舎弟たちが黙っていなかった。

その場でチンピラたちを捕らえて事務所に連れ帰ると、それ相応の焼きを入れた。

そのうちの一人がたまたま鬼栄会の幹部の息子で、その後に親がしゃしゃり出てきたことから、双方の組を巻き込む抗争にまで発展した。

あまりに馬鹿げたきっかけだったが、いったん火が点いたが最後。走り出した男たちを止めるのは、大鳳といえども困難だった。できたことといえば、被害を最小限に抑えることぐらいで、それでも双方に死者を出したことは、言うまでもない。

特に鬼栄会では、男気だけで参戦しただろう幹部の一人が、それも発端にはまるでかかわっていなかった男が巻き添えを食って死んだことから、大鳳は責任を感じて刑務所へ入った。無駄といえば、無駄。今考えても、なんのメリットもないように思える事件に七年の歳月だ。

他人が見れば、大鳳にはデメリットしかない。

「馬鹿言えよ。俺は関西一の極道に何か貸した覚えはない。ただ、あのとき助けて逃がしたガキの一人が、たまたまお前んところの幹部の子供だっただけで、お前が責任を感じることじゃない。当然、隣で恐縮してる本人が、肩身の狭い思いをすることでもない。な」

「――――大鳳総長」

ただ、大鳳自身が後悔していないのは、助けた学生の一人が今この場にいるからだった。

あのとき自分が止めに入っていなければ、間違いなく争いは音羽会と鬼栄会の間で起こり、そうなれば確実に被害は拡大、死傷者も二倍や三倍ではすまなかっただろうことが、想像できるからだ。なにせこの二つは近い土地に根を張る老舗《しにせ》の組織だけに、遺恨を比べたら覇凰会とは比較にならない。むしろ鬼栄会と覇凰会の争いだったからこそ、仲裁役に音羽会が入ることもできて、大ごとにならずにすんだと言える。

「それに、うちの縄張りで好き勝手をした挙げ句、喧嘩を売ってきたのは鬼栄会の奴らだ。俺たちは害虫駆除のために喧嘩を買っただけだ。それ以外に変な理由をつけられるぐらいなら、ダチの一人として迎えに来た。真っ先に顔を見てやろうと思ったって言ってもらうほうが、まだ素直に喜べるってもんだ」

大鳳は、吸いかけの煙草を片手に笑うと、音羽の側近に改めて頭を下げさせた。

「そやな。すまんかった。けど、一生消えへん傷が残ってしもた。男前が大なしや」

だが、大鳳に向けられた音羽の目からは、悔いが消えない。

抗争の引き金にもなった大鳳の怪我、それは彼の左のこめかみから頬にかけてつけられた長くて深い傷に他ならない。若い頃から渋谷《しぶや》を歩けばスカウトマンに声をかけられたという大鳳だけに、その傷は下手な極道がつけているよりはっきりと目立つ。

この顔の傷と前科がなければ、別の人生さえ歩めたかもしれない大鳳だっただけに、音羽は行き場のない無念さをどうすることもできずにいた。

「おかげさまで、凄味が増して男が上がったっていう意見のほうが多かったけどな。さっきの若い看守もそう言ってた。ことあるごとに撫で回されて、うんざりしたけどな」

いっときとはいえ、大鳳が本気でこのまま親の跡を継ぎ、極道として生きるべきなのかを悩んでいたことも知っていただけに、音羽はあの事件が彼の人生に〝やり直しの利かない状況〟を作ってしまった気がして、どうしようもなかったのだ。

「はっ。何度食ったんや。一度やないんか」

もちろん、こんなことは今更言ったところで始まらない。

「檻の中には餌《えさ》がないんだ。飢えたくなければ、四の五の言ってられないだろう」

「それで本気になられたら、目も当てられへんやないか」

だから音羽も、あえて口にすることはない。当たり障りのない話で盛り上がる。

「そこは本能で嗅《か》ぎわけてるよ。さっきのはああ見えて、根っからの男食いだ。聖職者のふりしてド淫乱。檻の中でなきゃ、絶対にごめんなタイプだな」

「淫魔なくせして、貞淑好きやもんな〜。それも一番の好物が難攻不落な人妻って、どんだけえぇ趣味なんやか、わいには理解でけへんけどな」

とはいえ、刑期を終えた大鳳には、以前のような迷いがまるでなかった。

争いの中ですでに踏ん切りはついていたのかもしれないが、今日に至っては音羽や舎弟たちをも圧倒する漢ぶりだ。

「理解できなくて結構。ライバルが増えても困るからな、お前はせいぜいお手軽な処女の尻でも追いかけてろ。あ、間違っても務所へは行くなよ。お前、絶対に掘るほうじゃなくて、掘られるほうだからな。いざとなったら下手な男気なんか捨てて、舎弟を代わりに行かせろよ。そうでないと、ボコボコにされるぞ」

「お前みたいな悪食にか!?」

とはいえ、話が横道に逸《そ》れすぎてか、双方の側近が完全に置いてきぼりを食らっていた。

「ふふ。まあな――と、いい年の男がはしゃぐ話でもないな」

「ほんまや。どこまで脱線したら気がすむんや」

「ところで音羽。そろそろこいつに口利かせてやってもいいか？」

思い出したように、大鳳が橋爪のほうに意識をやり、吸い終えた煙草を灰皿へ揉み消した。

「あ、すまん、すまん。話したって」

しかし、音羽が笑って返事をすると、橋爪は身体を捩って大鳳のほうへ頭を下げた。

「言葉もあらへんか」

内側から込み上げてくる思いが隠せない。肩を震わせむせび泣く男の姿に、大鳳もどうしていいかわからない。

「なんだよ、みっともない」

できることといえば、男の震える肩をぽんと叩く程度だ。

「主《あるじ》の留守を守りきっての男泣きや、許したり。舎弟の前ではできんことや。橋爪がこうして泣けるんは、あんたの前だけや。ほんま、やっと肩の荷が下りたんやろう」

これればかりは、塀の外で待っていた者にしかわからない感無量の思いだ。

「みんなは元気か？」

「はい」

大鳳が声をかけると、橋爪もようやく言葉を発した。

「俺はまだ、お前らの総長か？　留守の間に失墜したなら正直に言え。俺は下手な波風を立てるのは好まないほうだからな」

「何をおっしゃるんですか!!　覇凰会の総長は大鳳嵐、ただ一人。他の誰もなりえません」

想像もしていなかったことを聞かれて、驚いたように顔を上げた。

どれほど今日という日を待っていたのか、それを理解されていないのか、それとも獄中での生活が大鳳自身の気持ちを変えてしまったのかと、悲憤さえ込み上げる。

「私はただ、総長の留守を守ってきたに過ぎません。総長がお帰りになる日が来るからこそ、どうにか他の幹部や舎弟たちをまとめてきただけです。恥ずかしながら、総長のお帰りを誰より待っていたのは私だったと言っても過言ではないでしょう」

すると、橋爪の訴えに大鳳が困ったような笑みを浮かべた。「言ってみただけだ」と、変わらぬその目が伝えている。

「総長――――いえ、嵐坊ちゃん。本当に長い間、お待ちしておりました。さぞ、ご不自由されたことと思いますが、この先はご安心ください。坊ちゃんには何一つ不自由はさせませんので」

安堵してか、橋爪が上体を崩して、再び大鳳に向かって泣き伏した。

長年生活を共にしてきた幹部ともなると家族同様、ましてや乳飲み子《ちのご》の頃から世話になっている橋爪になると、いくつになっても子供扱いだ。

「モテモテやん、坊ちゃん」

「殺すぞ、てめぇ」

音羽にからかわれながらも、大鳳が本気で怒ることがないのは、お互い様だとわかっているからだ。音羽だって組に戻れば、「若」だの「坊ちゃん」だのと呼ぶ幹部が山ほどいる。

「それより出所祝いや。東京に戻る前にしこたま女抱いて、美味《うま》いもんでも食ってけや。わいが場を設けたる。あんたの好みの女を集めたるさかい、一晩ぐらい騒いでもええやろう。あんたの舎弟どもには悪いが、わいもあんたを待っとった漢の一人や。一緒に騒ごうやないか。な、橋爪」

話が一段落したところで、音羽が提案した。

「それは、もちろんです」

「ほな、決まりやな。すぐに手配しい」

「はい」

「あ、すみません。やはりご厚意は、お食事だけでお願いできませんでしょうか」

しかし、とんとん拍子に進むのかと思いきや、それは橋爪によって阻《はば》まれる。

「なんやて？」

「坊ちゃんには、いえ…、総長にはすでに将来を約束された方がおります。ここで羽目を外されるのは、やはり相手の方に失礼かと」

深々と頭を下げるばかりの橋爪に音羽は驚喜し、なぜか大鳳はただ驚いている。

「あ？　そないな女がおったんか。先に言えや、水臭い。けど、それならここにおるんは、お前やのうてその女やろう。七年も待たせて、少しは気利かせられへんのか」

「申し訳ありません」

「ちょっと待て、橋爪。なんの話だ？」

本人を無視して勝手に進む話に、とうとう大鳳が身を乗り出した。

「…っ」

「いつから俺にそんな女ができたんだ？　下手な言い訳するぐらいなら、舎弟の手前一刻も早く東京に戻らせたいって言えばいいだろう。もしくは、まだまだ鬼栄会の奴らは油断ならねぇ。できるだけ早く関西圏を抜けたいんだってよ」

端整なマスクにつけられた古傷が、ちょっと放った怒気さえ凶悪なものにする。

「それが、その…」

「なんや、嘘なんか⁉」

嘘も方便なのだろうが、だとしたら水臭い。ごまかされた音羽の眉間《みけん》にも皺《しわ》が寄る。

「いっ、いえ。嘘ではありません。総長には確かに許嫁《いいなずけ》が」

「橋爪‼」

さすがに往生際が悪いと、大鳳から罵声が飛んだ。

「ほ、本当なんです、総長。実は、亡《な》き先代がお決めになっておられた許嫁がいらっしゃることが、つい数日前に発覚したんです」

しかし、すっかり萎縮した橋爪から明かされたのは、今日出てきたばかりの大鳳では知るよしもない事実。

「どういうことだ、それは」

「私もどうしてこんなことになったのかわかりません。ですが、ご婚約に立ち会ったのが磐田会の先代総長で…。しかも、ご署名つきで仲人《なこうど》をされるというお約束の書まで出てきたもので、これればかりは私ごときにはどうしようもなく…」

そもそも説明している橋爪さえよくわかっていないようで、誰もがぽかんとしてしまう。

「磐田？　磐田会の先代が仲人って…。いったい親父は、どんな極道女を俺の嫁にしようって企んだまま逝《い》ったんだ。相手はどこの誰なんだ」

それでも出てきた名前は大物だ。今は亡き磐田会の磐田総長は、関東の中でも名をはせた漢の一人であり、関東極道が集う連合の中でも、特に力のあった男だ。丸無視はできない。

「――それがその、沼田組組長のご令嬢で」

だが、聞けば聞くほど大鳳は首を傾げ、眉間に皺を寄せた。

「沼田…？　磐田会系の沼田組のことか。あそこに娘なんかいたか？　俺が記憶してる限り、確か息子ばかりじゃなかったか？」

「おそらく愛人にでも産ませた子だと…。今、確認を取っておりますが」

それはあっておかしくない話だとは思うが、大鳳からすれば話の成り立ちそのものがすでに変だ。確かに自分の父親と沼田組長が懇意にしていたことは知っている。沼田がどういう男であるかも、七年前の記憶でよければ充分残っている。が、明確に思い起こすことができるから、大鳳にしても笑ってすませられる話ではない。

「だとして、あのヒグマみたいな男の娘を、俺に押しつけるつもりなのか。それって、売れ残りのヒグマを俺に飼えってことか」

どう頑張って美化しても、記憶に残る沼田は巨大な熊だ。それも月の輪熊さえものともしない熊の帝王ヒグマ様だ。ヒグマが着流しに長ドスを持っている姿しか思い起こせない大鳳にしてみれば、その娘を想像したところで立派な雌熊しか思い浮かばない。

多少は小振りかもしれないが、それでも熊は熊であって、決して好みの女性ではない。

「いっ、いえ。そのような…」

「なら、どういうつもりで、こんなとぼけた話をしてるんだよ」

やっと自由になれた身だというのに、縁起でもない。ただの結婚話であってもどうかと思うのに、お前は俺を鎖に繋《つな》ぐ気か⁉　それも一生！　と思えば、声も自然と荒らげられるというものだ。音羽もこれには賛同できるのか、「まあまあ」の一言も出てこない。

「だいたい、親父はもう死んでるんだぞ。磐田の先代だって他界してるし、確か今は鬼塚《おにづか》が跡目を継いでるんだろう？　ってことは、残った沼田の親父を黙らせれば、こんな馬鹿な話はなかったことになるんじゃないのかよ。なんで破談にしない」

「いえ、それはそうですが。このお話は今の覇凰会にとっては願ったり叶ったりで…」

それでも、大鳳が不機嫌を露《あら》わにしているにもかかわらず、橋爪は引くことをしなかった。

「何が願ったり叶ったりなんだよ。ヒグマだぞ、ヒグマ」

「しかし、現在関東連合に名を連ねる組織の勢力は、二分しつつあります。磐田会を中心とする派閥と四神会《ししんかい》を中心とする派閥。そのどちらにも属していない組もありますが、いずれはどちらかにつくことになるでしょう。ただ、そうなった場合、少しでも磐田会に近しい関係を持っていたほうがいいのではないかというのが、私たち幹部の意見です。もともと四神会は複数の組で連合を組んでいるだけで、これというトップが存在しません。ですが、磐田のほうは昔ながらの極道一家です。跡目を継いだ鬼塚総長を柱に、傘下の組ががっちりと支えている分、常に統率も取れています。しかも、傘下の組長たちも皆、粒揃い。いずれは関東連合をまとめるのは鬼塚総長になるだろうというのは、誰もが予想するところなので……」

一個人に戻ったときの橋爪がどう考えているのかは別として、これまで留守を預かってきた覇凰会の幹部としては、この縁談をよしとしていた。

「ようは、頭に立つだろう磐田と密な関係を作るために、俺にヒグマの娘とデキとけってか。どんな戦国時代なんだよ。だったらこの場でこいつをのして、全国制覇に名乗りを上げたほうがまだましだ。むしろ清々《すがすが》しいってもんだろうが」

大鳳は鼻で笑うと音羽の肩を抱いた。長い足をわざと組んで、ふんぞり返ってみせる。

「な、なんやと」

「総長！」

憤慨《ふんがい》で頰を染めた音羽とは対照的に、橋爪の顔が青ざめる。どんなに冗談めいた口調であっても、大鳳の目つきが豹変したのを見逃すことはない。

「寝ぼけたことぬかしてんじゃねぇぞ。どの面《ツラ》下げて俺に鬼塚の下につけって言ってんだ？」

発せられた凄みのある怒声と共に、組まれた足が目の前に座る橋爪を容赦なく蹴《け》りつける。

「別に俺は、こんな平和な世の中で、誰かの上に立ちたいとは思わない。そのために争いを起こす気もさらさらない。けどな、代わりに誰の下にもつかねぇぞ。それが鬼塚だろうが、この音羽だろうが、俺の上に立とうとするなら蹴散らすまでだ。たとえ刺し違えても、この大鳳嵐を下になんか置かせねぇ。しばらく留守にしたからって、舐めんなよ」

冷めた大鳳の双眸からは、失望が窺え悲憤さえ漂う。

「それが不服な奴は、組から出ていけ。てめぇらで勝手に新しい組を立ち上げろ」

蹴りつけていた足が引かれ、投げやりな言葉がぶつけられ、見る間に橋爪を後悔させていく。

「なんなら橋爪、お前が頭に立って、ヒグマのところに婿入りしてもいいぞ。どうせ磐田や沼田にしたって欲しいのは覇凰の勢力であって、俺や覇凰の名前じゃないだろうしな」

言葉尻にプイと窓に向けられた目線を取り戻そうと、橋爪が身を乗り出した。

「――すみません。至らぬことを申しました。総長のお傍を離れるなんて、この覇凰から離れるなんて、誰一人そんなことは考えておりません」

せめて話をするときと場所を選ぶべきだったと、橋爪の後悔は懺悔《ざんげ》へと変わっていく。

「私らが浅はかでした。二度と申しません。このたびの失言の責任は、私の命で取らせていただきます。なので、どうか家に残してきた者には、お咎《とが》めなくお願いいたします」

スーツの下に常備された短刀を取り出し、謝罪の念と覚悟を見せる。

「馬鹿野郎！　何、はた迷惑なことしてんだよ。てめぇのこ汚ねぇ血で車内を汚す気か。それとも俺をもう一度檻の中に押し込めたいのか」

この上何をする気なんだと、かえって大鳳を呆《あき》れさせる。

「はい。すみません」

「まあまあ、その辺でやめとき。あんたの気持ちもわからんことはないけど」

見るに見かねて音羽が止めたが、大鳳の機嫌は悪くなる一方だ。

「わかってる。組を留守にして七年だ。こんな馬鹿な話をしなきゃならないような変化が起こっていても不思議はない」

たかが七年、されど七年。大鳳の中で止まっていたときは、想像以上に極道界にも格差を生み出していた。そもそも大鳳が投獄されたときの記憶によれば、鬼塚だって若頭から総代になったのならないのというレベルで、それがどうしたら磐田のみならず関東を制圧するのしないのということになっているのだ。確かに自分が知る限り、鬼塚は大した男だとは思うが、それにしても
と奥歯を噛まずにはいられない。

「けどな、これはお粗末すぎるだろう。今時政略結婚なんて、それも極道同士がするか？」

「そら、わからんやろう。なんだかんだ言うて、縁結びには一番手っ取り早い方法や。それに、お前が婿に行くわけやない。嫁を貰うんやったら人質を取るほうやしな」

まさか鬼塚に限って、こんなとぼけた政略結婚を傘下の者に仕組ませて、磐田に賛同する勢力を拡大していったとは考えにくいが、否定も肯定もしない音羽の話を聞くと、よもやまさかと勘ぐりたくなってくる。

「どんなメリットがあろうが、ヒグマを嫁にするぐらいなら鬼塚の寝込みでも襲ったほうがマシだ。少なくとも熊を相手に勃起する自信はないが、そこそこ美丈夫な鬼さん相手ならイケるだろうし――いっそやってみるか⁉　一週間もあれば、鬼も子猫に変えられるぞ」

大鳳は、似非《えせ》笑いを浮かべながら二本目の煙草を求めた。

「大した自信やな。ってか、ほんま檻の中で病《や》んだとしか思えへん発想や。想像しただけでもゾッとするわ。何が猫や、鬼は鬼や。考えとうないわ」

火を点けた後には、溜息と一緒に紫煙を吐いた。

「だったらすぐにでも特効薬をくれ。今なら酒池肉林大歓迎だ」

かなり投げやりなのか、姿勢を崩して、だらけた視線を音羽に送る。

「なんなら一晩と言わず、二晩、三晩。一ヶ月でもいいな――。んと、胸くそ悪いったらありゃしねぇ。しばらく東京には戻りたくない。悪いがお前、面倒見てくれないか?」

「ああ。ええで。わいが責任持って面倒見たる。気のすむまでこっちにおったらええ」

笑って受け止めてくれる音羽の度量がありがたい。しかも、咄嗟に何かを言いかけた橋爪を視線一つで押さえてくれる辺り、何から何まで行き届いていて涙が出そうだ。

『七年が長いことなんて、誰に言われなくてもわかってるさ。なんせ、二晩と女を切らしたことがなかったこの俺が、肌の感触も匂いも忘れちまってるんだから、そら長いだろうって』

それでも大鳳は、一分一秒でも早く東京へ帰りたい、舎弟たちの顔を見て自宅で寛ぎ落ち着きたいという願いを振り切り、今だけは急がば回れを選択した。

自分の中に生じているだろう時差を考え、ぽっかりと空いてしまった時間の流れ、世間の変化を知るために、しばらくは音羽に頼ることになっても、帰郷を先延ばしにした。

2

季節は秋を迎えていた。東京池袋《いけぶくろ》界隈を中心に縄張りを持つ関東連合磐田会系沼田組・組屋敷では、手入れの行き届いた庭に秋の花々が咲き誇っていた。

夜ともなると見事にライトアップされる木々の花々、実りはちょっとした高級料亭を思わせる風情や情緒を備えており、「ヒグマ」に例えられる家主の厳つい風貌からは想像ができない雅《みやび》やかさだ。これらはすべて、華道や茶道、日舞を愛してやまないたおやかな妻・香夏子と、美しく育った次男・雫のためにあると言っても過言ではない世界だ。

「おいおい。聞いたか、例の話」

「ああ。聞いたよ。あの朱鷺《とき》組長に隠し子がいたんだろう。つい最近、肝っ玉の据わった嫁貰ったばっかりだっていうのに、この分じゃすごいことになるかもな」

しかし、そんな庭先で騒ぎ始めたのは、まだ若い舎弟たちだった。

「だよな。そうでなくとも惚れて拉致ってきた嫁って、元事務官で男だろう？　はなから問題だらけだろうに、どうなるんだろうな」

「男の嫁ってところで、問題以前じゃねぇの？　そうでなくとも、近場にシマを持つ覇凰会の凄腕総長が勤めを終えて帰ってきたとかって話なのに、そんな騒ぎでガタガタしてたら、足を掬《すく》われるって。下手したら乗っ取られるかもしれないぞ、朱鷺組は」

「だよな。何を血迷ったんだか、朱鷺組長も」

　話題は同じ磐田会傘下の朱鷺組で起こった事件だった。どうやら身を固めるまで浮き名を流し続けてきた色男組長・朱鷺正宗《まさむね》に隠し子がいたことが発覚したらしい。それも惚れ込みまくって拉致同然で自宅に連れ込んだ男・佐原芳水《さはらよしみ》と結ばれたばかりだというのに、この有様だ。

「いやいや、どうして。今や朱鷺組の立派な姐《あね》となっている佐原さんは、誰でもその気になるってほどの美貌の持ち主だぞ。しかも、いっときは体調を崩して、跡目をどうこう言い出したうちの親父を一喝で奮起させてくれた恩人だ。俺は感謝も尊敬もしてるけど」

　すると、そんな話を耳にし、わざわざ縁側から下りて苦言を呈したのは、今年で二十八になる沼田家の長男・夏彦《なつひこ》だった。良家に生まれ、厳しく躾《しつけ》られた母に育てられたためか、礼儀正しく教養も溢れる二枚目だ。少し頼りなく見えるが、極道らしからぬ爽《さわ》やかな笑顔が魅力的で、誰の目から見ても好青年だ。忍耐強く武道にも長《た》けていることには定評があり、若い舎弟相手にも気さくなところが慕われる要因だ。

「っ、若」

「それに、なんだかんだ言って、俺程度の漢じゃまだまだ鬼塚総長から親父のような信用は貰えない。何かのときに笑って死んでくれって、安心して言ってもらえない。親父があちらこちらに根回ししようとしたのだって、結局は俺が跡目じゃ心細いからだろう。この沼田組の地位を下げることになりかねないだろうからな」

　そんな兄の後に続いて、雫も縁側から庭先へと下り立った。すでに日が落ち、ライトアップされた紅葉《もみじ》が幻想的な世界を醸《かも》し出す。

「けど、だからといって、俺もこのまま〝はいそうですか〟って納得する気はない。親父が健在なうちに鬼塚総長から、そろそろ親父よりお前の命が欲しい。俺のために死ねるかって言わせたい。そのために、今は力を蓄える時間を貰ったと思っている。一人の漢として、長《おさ》として、お前らの恥にならないように磨きをかけるための時間だってな」

だが、こんな静寂で美しい世界に身を置いても、夏彦はまったく見劣りしない男だった。

「若…。そのお言葉だけでも充分ですよ」

「あっしら若についていきます。おやっさん同様、若にも命を預けてますから。ねぇ、雫さん」

そしてそれはふいに声をかけられた雫にはもっと言えることで、普段から香夏子同様和服で過ごしていることが多い彼は、誰よりもこの空間が似合っていた。

「そうだね。頑張って兄さん」

男性としては優麗すぎる面立ち、そして繊細なルックスはしているが、それらに見合う奥ゆかしい微笑は誰もが心を奪われる。たった今も舎弟たちは、無意識に顔を緩ませているほどだ。

「ありがとう。それにしても、朱鷺組長に隠し子とはな…。さすがに気丈な佐原さんでも、今回ばかりは堪《こた》えているだろうな————と？　雨か」

しかし、彼らが立ち話に花を咲かせていると、突然夜空が気まぐれを起こした。

「本当だ。どうりで冷えてきたと思った…!?」

雫が空を仰ぐと、夏彦は着ていた羽織を脱ぎながら背後に回り、ツーサイズは大きいそれを華《きゃ》奢《しゃ》な肩へとかけてくる。

「お前は病み上がりなんだから、油断をするなよ。それこそ風邪でもひいたら万病のもとだぞ」

一人一人でも絵になるが、二人並ぶと華やかさもいっそうだった。

「兄さん」

「ほら、もう休め。俺は着替えて店に顔を出しに行ってくる。先に珠貴《たまき》と新田《にった》を行かせてあるんだ。あんまり待たせてもいけないからな」

「――わかりました。では、今夜は先に休みます。珠貴にはあまり調子に乗って飲みすぎないよう、仕事を忘れないようメールを入れておきますから、どうか兄さんもほどほどに」

「わかったよ」

雫は夏彦の気遣いを素直に受けて部屋へと戻った。夏彦もその場に居合わせた舎弟たちに、「後を頼んだぞ」とだけ言い残して、いったん家の中へ入っていく。

「いつ見ても、できたご兄弟だな」

残った舎弟たちも、急に強くなり始めた雨から逃れるように、中へ入ると笑みを浮かべた。

「ご長男の若は、しっかりと大学で経済を学ばれた知性派な上に男前。ご次男の雫さんは極道の家に生まれ育つにはあまりに儚《はかな》げで心許《こころもと》ないお姿をしているが、文武両道で芸事にも才能豊か。しかもその美しさときたら、まさに〝沼田の花〟〝宝〟そのもので。品があって、お優《やさ》しくて、まるで天女のようですもんね」

「末の三男・珠貴さんも、まだまだ族を上がったばかりのやんちゃ坊主だが、強面《こわもて》なりにスリム

でお洒落でイケメンだしな。んと、おやっさんの遺伝子はどこにもないな」

二人が残した穏やかな余韻に心を和《なご》ませ、舎弟二人もご満悦だ。

「そらおやっさんの場合、香夏子姐さんをはじめとする恋のお相手全員が、揃いも揃ってべっぴんさんですからね。でも、そう考えると、朱鷺組長にも負けない色男ですよね」

「いいや。朱鷺組長は誰から見てもモテてるのが当然ってルックスをお持ちだが、うちのおやっさんは、出くわした熊さえ逃げるような自他共に認めるヒグマだぞ。それにもかかわらずいい女ばかりが寄ってくる、身も心も差し出してくるっていうのは、おやっさんのほうが何倍も男っぷりがいいってことだろう。サラシに長ドス、着流し姿なら関東一似合う漢だろうしな」

「違いない！」

自然と会話に加わるものが増えてきて、舎弟たちは台所で片づけや用を足しながらも、いつしか沼田の話で盛り上がり、用を終えたら酒でも飲むかという運びになっていく。

「まあ、情にほだされやすい〝わけあり女〟ばかりに惚れて口説くからっていうのもあるだろうが、だとしても片っ端からモノにするんだから、あっぱれの一言だ。もっとも、それだからやっかまれるのも人一倍、喧嘩を売られるのも磐田会一なんてことになるんだろうが、なんにしたって元気を取り戻してよかったよ」

「本当、いっときはどうなることかと思いましたもんね。おやっさんが〝俺はもう駄目だ〟〝癌《がん》だ〟〝今のうちに跡目を夏彦に〟って言い出したときには、ショックで雫さんのほうが倒れちまうし。ただの潰瘍《かいよう》だったとわかって、本当によかったですよ」

舎弟たちが口にしているように、初夏に病で倒れた沼田は大事に至らず、いっとき引退や跡目の話題で世間を騒がせはしたものの、今では倒れる以前より元気だった。

よくよく考えれば、沼田はまだ六十二歳。それも日本《にほん》の高度成長時代からバブルまでの、極道にとっても黄金期を暴れまくって生き残り、たった一代で沼田組を舎弟二百人からの組織にまで育て上げたのだから、よほどの何かがなければ死神だって寄ってこない。

これまで風邪一つひいたことがない男だったからこそ、長期に渡って続けてきた飲酒が仇《あだ》になっただろう潰瘍程度で、「俺は癌だ」と騒いで周囲に心配をかけたのだから、真の愛着がなければ目も当てられないだろう。

どんなに日頃から面倒を見てもらっている親同然の組長とはいえ、心から安堵し笑っていられる舎弟たちの器も、それなりのものがあるということだ。

「本当だよな――――。ただ、こう言っちゃ悪いが、おやっさんが騒いでくれたおかげで、俺たちは若の本心を見ることができた。本当に跡目を継ぐつもりがあるのかどうか、言葉で聞くんじゃなくて、行動で見せてもらうことができたからな」

舎弟たちは、話の合間に晩酌の支度をすると、後は寝酒のつもりで居間へと集まり、簡単な肴《さかな》をお供に、手酌で一升瓶を回しながら盛り上がり続けた。

「はい。跡目の話が出てからの若、これまでで一番頑張ってましたもんね。おやっさんの代わりに事務所仕切って、心労で倒れた雫さんの看病にも誠心誠意努めて」

「そうそう。あとは、何かとすぐに暴走したがる珠貴坊ちゃんをもしっかり押さえて、かっこよかったです。しかも、それだけ骨を折ったにもかかわらず、いざおやっさんが〝やっぱり跡目は俺が死んでからだ〟って言っても怒ることもしないで。ああして心から復帰を喜んで笑っていらっしゃるんだから、できた方ですよね。あれじゃあ、やっぱり雫さんがよろめいても止められない。いずれはうちも朱鷺組のことは言えなくなるんでしょうね。若と雫さん、お似合いだし」

そうして話は逸れていき、話題は夏彦と雫のことになっていった。

「そうだな。兄弟とはいえ血の繋がりはないし、もう内縁関係だと思っといていいんだろうな。世間の風当たりはどうかはわからないが、俺らにとっては雫さんの笑顔が家内安全、平和の象徴だ。そうなったら、あとは若からの正式な報告を待つだけだろう」

とたんに男たちの肩が落ちてくる。

「はい。早く報告してほしいような、ずっとこのままでいてほしいような。複雑ですね」

特に、今年で二十四になった雫と年頃の近い男たちは複雑な気持ちを隠せないのだろう。

中でも一つ下のヨシは、学生時代に喧嘩に負けてボロ雑巾のようにゴミ捨て場に放置されていたところを雫に助けられたことが、沼田に身を寄せるきっかけだったこともあり、周りから見ていても気の毒なぐらい雫一筋だ。

「そうだな。雫さんは高嶺の花だが、俺らみたいなもんでも、近くで見ることが叶う特別な花だ。しかも俺らが命を懸けてお守りするに相応《ふさわ》しい極上な大輪だ。どんなときでも我々に癒しをくださる方だからこそ、誰より幸せになってほしいと願うばかりだ」

できることなら、告白ぐらいはさせてやりたいと思っても、当の本人が一生仕える覚悟で接しているので、それを見守ることぐらいしかしてやれない。

「それがご本人にとっても、沼田組にとっても、本当に平和の証《あかし》ですからね」

とはいえ、舎弟たちが声を大にしてこんな話をしているものだから、雫は居間の真上にある自室でお茶を点《た》てながら、同じように肩を落としていた。

和室六畳と洋間八畳が続きになった雫の部屋には、いつでも稽古ごとができるよう、一通り道具が備えられている。寝室としてベッドが置かれた洋間にテレビはあるが、観るなら家族や舎弟と一緒に観たい雫は、一人になると今夜のように和室で寛ぐことが多い。むしろテレビでも観ていれば、下の騒ぎに耳を貸すこともなかっただろうに、飲みかけの抹茶がとたんにまずく感じられて、なんとも言えないお手前になってしまった。

『内縁関係…か。倒れたときに面倒を見てもらったのが、よほど印象深かったんだろうな。前々から兄さんが俺に好意的なのは周知だったし。俺も心細くて甘えてしまったから』

そもそも、どこをどうしたらそんな話に転がっていくのか、雫にはよくわからなかった。

思い当たるとすれば、自分が倒れた頃に吉祥寺《きちじょうじ》に根を張る朱鷺組に佐原が〝嫁〟に入ったので、多少は影響されているのかもしれない。

いくら知的で美しく、度胸までいい人物とはいえ、男性が組長の妻に収まるなんてただ驚きだったが、それでも好きで添い遂げようとしたのなら、雫は羨《うらや》ましい限りだと思っていた。朱鷺にしても世間体を気にするなら情人として囲えばすむだろうに、それをせずに堂々と組長宅に招き入れ、舎弟たちにも〝姐〟として受け入れさせるのだから大した漢だと。

『でも、俺は。俺の心の中には、ずっとあの人がいるのにな――――』

雫は、飲み終えた茶碗をその場に置くと、部屋の電気を消しながら、洋間に移動しベッドへ入った。ほのかに肢体が火照《ほて》っている気がするのは、決して飲み終えたお茶のせいではない。

『…っ』

いつの頃からか一つの感情を意識すると、雫は肉体が熱くなって、心がわなないた。

身体の芯から湧き起こる衝動が抑えきれずに、自分の欲望に手を伸ばす。

『いやらしい、身体』

この年になってまで自慰行為など、みっともないし恥ずかしい。

他人に知れたら、言い訳もできずに死にたくなってしまいそうだ。

『わかってる。ここが、好き…っ。こんなふうに弄《いじ》られたら、よがり狂う』

それでも一度覚えた満足と快感は、初《うぶ》なままの雫の肉体を捕らえて放さない。

誰に迷惑をかけるわけでもないし、そう考えたときには言い訳が完全な正論になった。

「あっ…っ」

浴衣《ゆかた》を割って忍び込ませた白い手に、誰の手を重ね、思い描いているのかは雫だけが知る。

長い睫毛《まつげ》を震わせながら閉じられた瞼の裏に思う相手は、雫だけの甘い秘密だ。

「んんっ――――っ、っ」

弄り始めてから、さして苦労もなく達してしまうと、雫は一瞬で緊張から解き放たれて大きく息を吐いた。短くも儚い愉悦のときは、去り際に切なさと虚しさだけを置き土産にしていく。

『いっそ、兄さんを愛したほうがいいんだろか?』

窓を叩く雨の音が、物悲しく感じさせていた一人きりの室内を、寂然《せきぜん》たるものにする。

『この先尚も愛されて、望まれて求められたら応えることも考えるべきなんだろうか?』

普段は考えもしないことを悩み始めて、雫はその後しばらく眠りに就くことができなかった。

誰かを好きになることは知っていても、「好きだ」と告げたことも告げられたこともない。まして や相思相愛のなんたるかなどわかりようもない雫にとって、今後夏彦がどんな行動を起こしてくるかによっては、人生の岐路に立たされることも覚悟しなければならない。

『――……』

ただ、そうは言っても大切に、ただひたすらに花を育て、愛でるように大切に育てられてしまった雫にとって、自身の恋など未知のものであり、組の行方を案ずるよりも難しく思えることだった。どんなに激しい乱闘を目の当たりにするよりも、目の前に迫れば怖《おじ》けてしまいそうだと感じるものだった。


寝室の扉がノックされたのは、雫が寝ついて間もない明け方のことだった。

「すみません、雫さん。お休みのところ申し訳ありません。新田ですが、おやっさんのことで至急知らせが。よろしいでしょうか」

雨はやんだようだが、まだ日も昇っていない。こんな時刻にあえて幹部の一人が訪ねてくるのはよほどのことだ。

それも沼田の側近中の側近、あえて傍で務めるために特別な肩書を持つことを拒んで、十代の頃から二十年も仕え続ける新田茂紀《しげき》がというのは、沼田が倒れたとき以来のことだ。

「っ、何？　父さんがどうしたの？」

雫はひどい胸騒ぎに駆られて飛び起きた。浴衣の上に羽織を着込んで、新田を部屋へ通す。

「実は…」

入り口付近に正座をし、それより奥へ入ろうともしない新田は、何かバツの悪そうな目をして一つの報告をしてきた。

「え？　朱鷺組長の隠し子だと思っていた赤ん坊が、本当は父さんの子だった⁉」

想像もしていなかったことを言われて、雫の下肢から力が抜けた。

「はい。なんでも育てきれなくなった赤ん坊を置き去りにした母親が、何を勘違いしたか、うちではなく朱鷺の屋敷に置いてきてしまったらしくて…。ただ、朱鷺組長もさんざん浮き名を流した方だけに、どなたも疑わなかったようで…」

どうりで、言いにくそうだったはずだった。

雫でさえ、その場にペタンと座り込むと、返す言葉に困ってしまう内容だ。

「そんな…。はた迷惑もいいところじゃないか。朱鷺組長、こんなに噂になってしまって、立場も何もなかっただろうに――。すぐにでも正式なお詫《わ》びをしないと」

初めからこの家に置き去りにされても騒動になったことは間違いないだろうに、よりにもよって他の組に迷惑をかけたとなっては、今すぐにでもお詫びをという心境だ。

むしろ喧嘩のいざこざを収めに行くほうが、どれほど楽かわからない。こんな筋もへったくれもない一方的な迷惑、雫が知る限り他人様にかけたことがない。

だが、新田の話はこれだけでは終わらなかった。

「はい。それはきちんとするつもりです。ですが、大変だとご報告に上がったのは、別の話なんです。おやっさんが今になって、まだ若い女を作って子供を産ませたことが、とうとう姐さんを怒らせてしまったらしく、昨夜はさすがに別宅に乗り込まれて…」

早朝から雫を起こしてまで報告に来たのは、もっと別な理由があったからだ。

「母さんが？」

それは、昨夜は何食わぬ顔で家を出たまま、そういえば帰ってこなかった香夏子が起こした、これまでにはなかった行動についてだ。

〝ひぃっっっ、許してくれ香夏子。俺が悪かった。謝る。このとおり〟

〝いい加減にしてください、旦那様。次から次へと、こんな年になってまで。そうでなくても生きるの死ぬの騒いだばかりだというのに、この上まだ世間様に恥を晒そうというんですか〟

香夏子は昨夜、沼田が事務所を構えるビルの最上階の部屋を訪ねると、そこで若い愛人と共に、朱鷺のところから連れ帰ったらしい赤ん坊を抱いて、満面の笑みを浮かべる夫の姿を直視し、とうとうキレた。

だが、ヒステリックに怒鳴るでもなければ、泣きわめくわけでもない香夏子が取った節操のない夫への報復は、静かに着物の懐《ふところ》から取り出した懐剣を突きつけることだった。

〝もう、我慢がなりません。あなたを殺して、わたくしも死にます。ですが、その前に――、あの世に発ってまで女を増やされては敵いませんから、その浮気性ではしたない一物はこちらに残して逝っていただきます〟

凛《りん》とした口調で淡々と迫る香夏子は、よほど鬼気迫る情景を生み出していた。

〝でも、大丈夫。安心なさって。そんなものがなくとも、わたくしは生涯旦那様を愛しております。もちろん、先に逝かれた露子《つゆこ》さんや珠緒《たまお》さんもわたくしと同じ気持ちでいらっしゃると思いますから。さ、隠してないで、お出しなさい〟

これまで一度も見せたことがない香夏子の激怒は、生半可なものではなかった。

〝男なら潔《いさぎよ》く――、さぁ!!〟

ヒグマの異名を取る極道漢さえ、股間を押さえたまま泣き出しそうになっていた。

ただの浮気男へと変貌させてしまった。

「母さんがそんなことを⁉　良妻賢母を絵に描いたような、虫一匹殺せないはずの母さんが⁉」

想像ができない説明に、雫はただただ混乱した。

「はい。それはもう、恐ろしいお顔をなさって、懐剣片手に去勢を迫られたそうです」

報告している新田にしても、実際はその場に居合わせた若い衆から報告を受けただけのようで、
雫同様「信じられない」が先に立っているのか、終始首を傾げている。

「それで、父さんは…？」

「逃げました」

とはいえ、これだけは新田も力強く言い切った。

「逃げた⁉」

「はい。さすがに切られるぐらいならと思ったのでしょう。赤ん坊を抱えて、お逃げになったそうです。それはもう、疾風のごとくお見事に」

新田も、沼田の立場に自分を置き換えて考えた際、これしか方法がないと踏んだのだろう。相手が極道千人ならば、まだ決死の覚悟で挑んでいくだろう。が、かれこれ二十数年も連れ添った非の打ちどころのない美人妻相手では、それしか手がない。何をどうしたって、自分が悪いのだ。

それでも男の象徴だけは死守したいのが、生まれ持った性《さが》というもので。未だに健在で使用可能とあらば、尚更執着しても否めないところだ。

「それで、母さんは？」

馬鹿馬鹿しい。なんて馬鹿馬鹿しい話なんだと思っても、雫は心配でたまらなかった。

「追跡中です。おそらく組長の逃走パターンはすべて読まれているので、捕まるのは時間の問題とは思いますが」

「で、その二人に追っ手は出してるの？」

馬鹿馬鹿しい以上に、実は情けない話でもあると頭には幾度もよぎったが、それでも最後は心配が勝った。

「もちろんです。おやっさんや姐さんについてる舎弟どもには、すでに連絡も取りました。夏彦さんや珠貴さんも二手に分かれて追ってますし、おやっさんが捕まったときには、全力で姐さんを説得しようと一致団結。あとは、姐さんの情にお縋りするしかないとは思いますが。それでも駄目なら力ずくで引き離すしか…」

「そう…。それにしても父さんに愛人、しかも、赤ん坊だなんて」

そうでなくとも夏彦は、香夏子の連れ子で、沼田の子ではなかった。

沼田が「それでもいい、お前の子なら俺の子だ」と笑って受け入れて今に至ったことは変わらないが、代わりに香夏子も沼田が事あるごとに手を出した女の存在を受け入れている。

ときには雫や珠貴といった愛人の子まで受け入れて、わけ隔てなく愛情を持って育ててきた。

それが沼田という漢、博愛主義という尻の軽い男を愛してしまった自分の定めと受け入れて、これまで一度として耐え忍ぶ姿さえ見せずに家を守ってきただけに、雫は香夏子のほうが心配でならなかったのだ。

あなたを殺して私も死ぬ。それでも愛していると言い続けた香夏子の本気が痛々しくて。

それでいて、そこまで沼田への愛を貫ける母が羨ましくて。

「はい。おそらくまたいつものパターンだったんじゃないかとは思うんですが」

「自分の子かどうかはさておき、惚《ほ》れた女の子なら俺の子だ…か」

疑うわけではないが、その赤ん坊が本当に沼田の子かどうかは、調べてみなければわからない。

これまでにも似たようなことは数えきれないほど起こったが、〝わけあり女〟に弱い沼田が女に騙《だま》されていたケースがほとんどだ。

「まあ、場合によっては、正真正銘かもしれませんが。なんにしても、相手の女が雫さんぐらいのお年頃だってところで、姐さんも我慢が利かなかったようで」

「俺と同じ。それはさすがにね…」

ただ、それでも今回ほどの大事に発展しなかったのは、最後は女が騙しきれずに身を引くから。いつしか愛情深い沼田を本気で愛してしまい、後ろめたさも手伝ってか、傍にいるのが耐えきれなくなって、別れていくというケースが多かったからだ。子供がいたとしても、連れて去る。それを考えると、今回の女はいろんな意味で異例な気がした。

「それで、相手の女性は？　赤ん坊は？」

一度は朱鷺の家に置き去りにしたということは、おそらく沼田には黙って産んだと考えられる。一人で育てていこうと思ったが無理だった。だから、という経緯のように雫には思えたが、それにしたって今になって、沼田に「子供を返して」とでも言ったからバレたのだろう。

なぜなら沼田が赤ん坊の誕生を知っていたら、死ぬの生きるのと騒いだときに、赤ん坊の存在を気にかけたはずだ。そういうところは抜かりのない男だ。

「女は真っ先に、姐さんを恐れて逃げました。赤ん坊のほうは、おやっさんが逃亡の途中で朱鷺組に預けていったそうです。なんというか、いっときは朱鷺組長の子として受け入れられた赤ん坊なので、おやっさんもつい頼りにしたんだと思いますが」

それなのに、結果的には女は男も子供も置いて逃げた。

それほど香夏子が怖かったのか、もしくは若さか、そもそも極道の女になるような器ではなかったのか。いずれにしても雫にとっては、ただ〝迷惑な女〟という印象しか残らない。

「頼りにって…。それじゃあご迷惑な上に、恥の上塗りじゃないか」

「はい」

そして、そんな女の尻拭《しりぬぐ》いをするのは、雫。

家族全員が出払っているのでは、選択の余地もない。

「とにかく、父さんと母さんのことは兄さんたちとお前たちに任せるから、俺は朱鷺組に行ってくるよ。お詫びとお礼をきちんとしなきゃ。それに、赤ん坊も引き取ってこないとね」

「すみません。よろしくお願いします」

雫は、日が昇るのを待って朱鷺家へ連絡をすると、すぐにでもお詫びに出向く旨を伝えて、都合のいい時間を聞き出した。

『——はぁっ。それにしたって、元気すぎるでしょう。父さん』

ちょうど正午に約束を取りつけ、ヨシを含む舎弟三人を従えて、朱鷺家へと出向いた。

『俺と同い年ぐらい…か』

＊＊＊

吉祥寺にシマを持つ朱鷺組の本宅は、沼田の家同様、手入れの行き届いた庭木が美しい純和風の家屋敷だった。外門の材質から玄関先の柱、鴨居一つをとっても良質な木材に手の込んだ細工が施され、至るところに贅《ぜい》を尽くした伝統を感じる一家だ。

「お初にお目にかかります。私、沼田剛三の次男、雫と申します。このたびは朱鷺組の皆様方に大変ご迷惑をおかけいたしまして、申し訳ございませんでした。心からお詫び申し上げると共に、反省しておりますことをお伝えにまいりました。こちらはほんの気持ち程度ですが、どうかお納めくださいませ」

そんな屋敷の一室に通されると、大島紬《おおしまつむぎ》を身に纏《まと》った雫は、正座で三つ指をついて頭を下げた。

土下座ではない。礼を尽くした上質な挨拶《あいさつ》に、朱鷺組の者たちはしばし息を呑んでいた。

「――――嘘」

中でも呆気に取られていたのが、噂に聞いた朱鷺組の姐・佐原だった。

「嘘ではございません。本当に反省しております。赤子も私が引き取らせていただきますので、どうかご迷惑の数々をおかけしましたこと、寛大なお心を持ってお許しくださいませ」

雫は開口一番「嘘」と言われて否定した。その後も頭を下げ続け、どうにか許しを請おうと必死だったが、そんな雫にあっけらかんと佐原が言った。

「いや、そうじゃなくて。君が沼田の次男って、なんの冗談？　情人だって言われたほうがまだあの親父、本当にやるな～って思うんだけど」

「え？」

やけに馴れ馴れしい口調で話しかけられているが、それを真に受けるだけの立場や気構えが、今の雫にはまったくない。

「ね、姐さんっ‼　言うに事欠いて、なんてことを」

「だって、彼のどこに、あのヒグマの遺伝子が入ってるんだよ。何、それとも見た目は全部奥さんで、中身がヒグマってこと⁉　この物腰で、実は大極道とかってわけ？」

「姐さん、黙って」

慌《あわ》てて舎弟が止めに入るも、佐原はまったくお構いなしだ。雫を前に父親を「ヒグマ」呼ばわりしたのは、さすがに後にも先にも彼ぐらいしかいないかもしれない。

大概は遠慮するような人間としか、雫も接したことがないからだ。

「…っ」

どう答えていいのかわからず、雫も両目をパチパチとした。

「すみません！　とんでもなくぶしつけなことを申しまして、どうかお許しください！　うちの姐さんに悪気はないんです。ただ、ちょっと口が悪くて。本当に申し訳ございません！」

舎弟の心境が手に取るようにわかる。

「あ、いえ。佐原さんがおっしゃるとおりですので、どうかお気になさらずに」

「おっしゃるとおり？」

「はい。これでも沼田の次男ですから、私もそこそこの極道ということで」

雫は場を濁《にご》さない程度、それでいて佐原に話を多少なりにも話を合わせて笑ってみた。

「ふーん…。そこそこのね。なんだか君とは、いや…雫さんとは合いそうな気がしてきた。同じ極道の妻同士、今後ともよろしくお願いしようかな」

だが、雫の返しに気をよくしたのか、佐原は更にとんでもないことを言ってきた。

「つ、妻？」

「そ。雫さん、跡目を継ぐはずだった長男の嫁さんなんでしょう？　次男は表向きの肩書？　でも、本当は次期組長の妻で姐さんなんだよね」

さすがに雫も、これには戸惑いを隠せなかった。

「そんなことになってるんですか？　世間では」

「え？　違うの？　これってデマ？」

「あ、はい。なんていうか、私は間違いなく沼田の次男です。兄とは血が繋がっておりませんが、それは私の母が、私がお腹にいるときに夫に先立たれて、沼田の世話になったからで…」

舎弟たちの誤解とは、わけが違う。どこから話が流出したのかは謎だが、佐原のところまで話がいった段階では、すでに妻にされていた。この分では、同性同士の婚姻のために養子縁組でもしたかのように勘違いされている。

「しかし、私は沼田の子として育ちましたし、沼田組に命を懸ける漢として育ちました。死ぬときも沼田の人間として死ぬ覚悟でこれまで生きてきました。なので、そういう経緯とは別に、兄は兄であって、それ以上でもそれ以下でもないはずなんですが。どうして、そんな話に…」

夏彦には申し訳なかったが、雫はこの際はっきりと事実を伝えた。

こんな話が出回ることが迷惑だし、ただただ困惑するばかりなのだと言い含めた。

「そう。でも、それって単純に雫さんが綺麗だからじゃない？」

それでも佐原の言いっぷりは、まったく変わらなかった。

「っ…?」

「気に障ったらごめんね。けど、雫さんは誰から見ても綺麗な人だよ。それもどちらかといったら女性的な綺麗さかな? 物腰が柔らかいから余計にそう感じるのかもしれないけど」

ここまではっきりと言った相手は初めてだった。これまでいろんな人間が雫の容姿を褒《ほ》めてきたが、それでも「女性的だ」とまで言ってきたのは佐原だけだ。

正直は正直なんだろうが、あまりにストレートすぎて、雫は気後《きおく》れするばかりだ。

「だから、たとえ噂やデマであっても、君本人を見るとかえって事実だと思っちゃうんだよね。これだけの美貌の持ち主だ。そりゃ誰だって他人にはやりたくないよな。よそから手を出されるぐらいなら、自分のものにするよなって思う。それで次期組長の妻って言われても、誰も違和感を覚えないんだと思うけど」

雫の戸惑いが形となって現われたのは、佐原が会話の途中で立ち上がったときだった。

「そうなんでしょうか――っ!」

佐原は床の間に置かれた真剣を摑むと鞘《さや》を抜き、顔色一つ変えずに雫に向けて振り下ろしてきた。舎弟が声を上げる間もなく、雫は真剣を躱《かわ》すと佐原の手を取り、剣を叩き落とす。

「何をするんです⁉」

「でも、それって自分でもわかっていて、演出してるんだろう?」

一瞬で手が痺《しび》れるほど叩かれたというのに、佐原はまるで動じる様子もなく話を続けた。

「その綺麗な顔や身体で周囲には女々しい印象さえを与えて、実はちょっと頼りなさそうな兄さんを立てている。間違っても内部分裂を起こさないよう自分を弱々しく見せることで、沼田の結束を強めようって、気を遣ってきた結果だろ？」

それどころか核心を衝いたように口角を上げて、ふふんと笑った。

「佐原さん」

試されたのだ。雫がそう気づいたときには、答えは出された後だ。

「ただ、俺が沼田の親父なら、こんなに綺麗で可愛い子には、お茶やお花を習わせる前に護身術から叩き込む。たとえ相手を殺しても、自分だけは助かれって。決して他人に汚されることがないようにって、腕利きのお供を何人もつけるのとは別に、まずは素手でも人を殺せるぐらいの技から身につけさせるよ。たとえ、一生使う機会がなくても。それぐらいしておかなかったら、心配で心配で親父なんかやってられない。そうだろ？」

話の展開に戸惑い、動揺していたとはいえ、突然降りかかってきた危険に素直に身体が対応してしまった雫には、嘘でも佐原の問いかけに「違う」とは言えない。求められるのは潔さだけだ。

「――――まいりました。なんだか、他の方とは違うなって気はしてたんですが。こんなふうに見透かされたのは初めてです」

雫は再びその場に膝をつくと、両手を揃えて頭を下げる。

「これでも俺、元事務官だから。いろんな人間を見てきたし観察してきたから多少はね」

佐原は満足そうに剣を拾い上げると、自分では上手く鞘《さや》へ戻せないことをアピールしながら、雫に「これ、お願い」と差し出してきた。

「それに、この見た目のおかげで、けっこう望みもしない目に遭ったクチだからさ。俺より儚げな雫さんが、男として生まれてきたのに自分の何を嫌がるか、またその嫌な思いを肥大してでも、どんなことに利用するかはだいたい見当がつくよ。でも、そういう控えめというか、和を重んじて一歩下がる姿っていうか、どこまでも影に徹してるところが俺は好きだけど」

「佐原さん…」

なんとも変わった人だ――そう思う反面、雫は自分があるがままに理解されていることに、感動していた。渡された剣を見事に、そして一瞬のぶれもなく鞘へ戻すと、そのしなやかで本物だと納得させる剣捌《さば》きで、朱鷺の舎弟たちの視線まで釘づけにした。

「だって、不要な争いはないに限るし、火種になりそうなものがあるなら、最初からなくしておくに限る。自分が引くことで守れるものがあるなら、損して得取れってこともあるだろうからさ。まぁ、これは俺の考えじゃなくて、うちの朱鷺の考えだけど」

「朱鷺組長の？」

その後も佐原との話は続けられた。

「見た目によらず、平和主義なんだよね。けど、あえて引くことで守りに徹する。自分は何を言われても、守りたいものが守れていればそれでＯＫ、お構いなし。ただ、それを貫《つらぬ》くには強さがいる。ある意味本当の漢の強さが」

剣を床の間に戻したところで、佐原は舎弟に赤ん坊を連れてこさせて、自分の膝の上であやし始めた。

「ごちそう様です」

「いやいや。惚気《のろけ》じゃないよ。これは俺が感じた雫さんの第一印象だから」

そうして部屋に自分たち三人だけにするよう舎弟たちに指示を出すと、話の内容は更に砕けたものになっていく。

「どうしてだろう。雫さんには奴と同じ強さを感じる。花のような見た目じゃごまかされない、芯の強さみたいなものを。〝そこそこの極道〟ってところにさ」

「ありがとうございます。私も、佐原さんにお会いしてみて、すごく感じております。どうして父が一度は引いた組長の座に戻ったか。そしてそれを兄が納得し、父に叱咤激励してくださった佐原さんに感謝さえしたか」

雫は、感じたままを口にした。なぜか佐原にはそれが許される、むしろ喜ばれると思えた。

「佐原さんが発する言葉には嘘がない。説得力がある。理想も現実もあって、だからとても惹《ひ》かれてしまう。初めて会った私でも」

不思議な安堵だった。

「妻同士ではないみたいだけど、俺たち上手くやれそうかな。男たちがわけのわかんねぇ、馬鹿な争いしないように、裏で結託してもらえると嬉しいんだけど」

膝の上であやされている赤ん坊が、あまりに安心しきって佐原に身を任せていたので、自然と雫もそんな気持ちになったのかもしれない。

「ついでに、個人的に茶飲み友達にでもなってくれるとありがたい。なにせほら、うちもむさ苦しいのばっかりで、俺個人としても綺麗どころは押さえておきたいんだよね。それに、こいつのことも気に入ってるから、これからも会って遊びたいし」

「そう言っていただけると嬉しいです」

聞けば、佐原は捨て子で施設育ちだったという。人並み以上に自分が苦労して育った分、屋敷の前に置き去りにされていた赤ん坊が、他人事とは思えなかったのだろう。たとえ本当に朱鷺が他の女に産ませた子供だとしても、接し方は変わらないだろうし、そうでないとわかった今でも、何一つ変わっていない気がした。

「あの、これからは俺も姐さんって呼んでいいですか?」

雫は、気がつけば赤ん坊と同じほど佐原にあやされ、懐かされていた。

「それ、微妙だな。だったら芳水…って、どっちにしても女っぽいか。好きに呼んでいいよ」

完全に話が私情に流れていたときには、かしこまった口調が多少は和らぎ、「私」から「俺」という普段使いにもなって、逆に佐原を喜ばせた。

「じゃ、芳水さんで。俺のほうが年下だと思うので、さんはつけさせてください。俺のことは呼び捨てでいいので」

「そう。なら、お言葉に甘えて雫で」

「はい」

考えてみれば、こんなふうに慕い慕われ、また話せる相手は雫にとって初めてだった。

学生時代にあって不思議のない同等な友人同士の付き合いや、先輩後輩の付き合いに、まったく覚えがないのだ。周りに人はいたし、孤立していたとは思わない。が、それでも佐原ほど明確に、はっきりとした口調や心で「仲よくしようよ」と言ってきた者が一人もいなかったからだ。

沼田の宝、沼田の花として忠実に育った美しい雫には、羨望や怖気の目が向けられることはあっても、友愛の目が向けられることがなかったから。

「ところで芳水さん。一つ聞いていいですか？　この子、さっきから何を持って遊んでるんでしょうか？　麻雀牌《マージャンパイ》に見えるんですけど」

ただ、雫が佐原に惹かれていったのは、兄弟というよりは姉妹のような感覚だった。

「そう。そのとおり。子守のついでに盲牌を教えといた。いざってとき食うのに困らないように」

「…そうですか。それは、どうもありがとうございます」

雫とは違った妖艶さを持つクールビューティーな佐原は、見た目も中身も兄貴分というよりはやはり姐御肌。雫の次男気質も手伝ったのだろうが、相手が夏彦よりも年が上だったこともあり、すっかり甘える側に回ってしまったのだ。

「こいつなかなか筋がよくて――って、口に入れるなって言っただろう、政光《まさみつ》」

「政光？」

「あ、ごめん。勝手に名前つけて呼んでた。いや、政光って朱鷺の死んだ親父の名前なんだけど。ほら、最初は奴の隠し子だと思ってたから。で、こいつの本当の名前ってなんていうの？」

それにしても、佐原は何かにつけて傑作な人物だった。

「さ、さあ。この際、政光でいいんじゃないですか？　朱鷺組でお世話になったご恩を忘れないためにも。今後沼田と朱鷺が、間違っても争うことがないよう、一つの絆としても」

「そりゃいい。って、いいの？　出生届には、なんて出してるかわからないのに」

本当なら事務官として、検察庁でバリバリと働いていただろうに、キャリアのすべてを投げ出して極道に転じた潔さと漢っぷりは、素人《しろうと》にしておくのはもったいない。だから、朱鷺も迷わなかったのかもしれないと思わせるほどだ。

「それはそれで、これはこれってことで」

そうして、すっかり打ち解けた二人の会話を遮ったのは、雫の携帯電話だった。

「あ、すみません。ちょっと失礼します」

雫は軽く会釈《えしゃく》をしてから、着物の懐から電話を取り出し、その場で受けた。

「もしもし。俺だけど」

〝あ、雫さん。大変です!!〟

「新田…。今度は何？」

〝おやっさんが、おやっさんが姐さん共々襲撃されて重傷を…。すぐに病院に来てください〟

しかし雫は、電話をしてきた新田から、再び緊急事態を告げられることになった。

「父さんが…、重傷!?」

空は晴天、秋晴れの午後。

それは久しぶりに心から笑顔が浮かんだ、昼下がりのことだった。

3

緊急事態の知らせを受けて、即座に動いたのは雫だけではなかった。

「すみません…。こんなときに」

「気にするなって。こんなときだからこそ、一緒に来たんだ。まさか立て続けにはこないと思うけど。移動中に雫まで狙われたら洒落にならないからね」

佐原は朱鷺に連絡すると同時に舎弟にも声をかけ、車を用意させると自らも同行して搬送先へと移動した。場所は吉祥寺から多少距離のある広尾《ひろお》、東都《とうと》大学医学部付属病院。ここは国内でも屈指の名医と最新の設備を誇り、それでいてどんな職業の人間でも平等に受け入れることをモットーとしているので、極道とはいえ無下な扱いはされない。少なくとも搬送中にたらい回しに遭った様子もないので、後は襲撃の被害がどれほどのものなのか、重傷というのがどれほど命の危険を孕《はら》んだものなのかというのが問題だ。

「でも、俺と一緒にいることで、芳水さんまで巻き込まれたら」

「そのときはそのときだよ。鬼塚が動くだけだ」

「鬼塚総長が⁉」

「ああ。沼田の親父が狙われるまでなら、個人的な戦争ですむ。けど、朱鷺のもんまでやられたってなったら、これは磐田会への宣戦布告も同然だ。そうなったら朱鷺が動くだけじゃ収まらない。鬼塚だって、動かざるを得なくなるだろう」

新田の説明によれば、昼近くには香夏子が沼田を見つけ出し、逃げられた情けなさから泣き伏しはしたものの、そこで沼田が土下座で詫びたことで、いったんは収まりかけていたという。

そして香夏子が「切るの、切らないの」とさえ言い出さなければ、沼田も口八丁手八丁で香夏子を丸め込める。もともと惚れっぽくてナンパな性格が今日の修羅場を招いた沼田だけに、女の機嫌を取らせたら関東一だ。決して楽をして口説けるタイプではないだけに、今回もそうとう苦労しての懺悔だったらしい。が、それでもどうにか夏彦や珠貴の応援を得て、香夏子に許してもらった。だからこそ、「じゃあ仲直りにデートでもするか」という運びになった。徹夜で付き合わされている舎弟にとっては迷惑な話だが、身内で刃傷沙汰にならなかっただけでも一安心。全員が寛大な気持ちでそれを受け入れ、沼田と香夏子には新田と他三名がつき、夏彦と珠貴はそれぞれの用を足すために舎弟を引き連れ事務所や自宅に戻った。しかし、そのデートの最中に沼田は襲撃された。それも新田たちがほんの少し二人から距離を取った買い物の途中で。

「まあ、今時そんな馬鹿な喧嘩を吹っかけてくる奴がいるとは思いたくないけどね」

「はい…。そうですね」

車道を走る車の中からの乱射だった。手口の鮮やかさ、派手さからして同業者の仕業だろうと考えられるが、現在沼田組に抗争中の組はない。これが新たな宣戦布告の狼煙《のろし》なのか、もしくは私怨によるものなのかは、すぐにわからない状態だ。

『父さん…』

こんなときだというのに、両親の安否だけを考えられないことが、雫は哀《かな》しいと感じた。

「雫さん。こっちです」

「父さんや母さんはどうなの⁉」

病院に到着すると、エントランスで待ち構えていた新田に案内されて、雫は佐原や二組の舎弟たちと共に救急病棟へ移動した。

「姐さんのほうは、命に別状はありません。おやっさんが庇ったので、何ヶ所かは撃たれましたが、致命傷には至りませんでした。ただ、その分おやっさんが…」

香夏子は手術を終えると、そのまま救急病棟内の病室へ運ばれ、今日一日はこちらで様子を見るらしいが、明日からは入院病棟へと移れる。

「雫。来たか」

だが沼田のほうは、手術そのものは成功しているが意識が戻らず重体だ。しばらくはＩＣＵで監視しながら経過を見ていくことになるという。

「兄さん…っ。父さんは⁉　父さんはどうなの⁉」

「意識が戻らなければ、危ない。場合によっては、植物状態になる可能性も否めないそうだ」

先に到着していた夏彦から担当医師の診断を聞かされ、雫は血の気が引いた。

装着された複数の機器によって、かろうじて生かされているようにしか見えない沼田の姿に、ただただ衝撃と義憤を覚える。

「そんな…。そんな、父さん。いったい誰が…。どこの誰がこんなこと？」

しがみついて泣き縋ることも許されず、雫は点滴が刺さった沼田の手を取り、握り締めた。骨太で大きくて浅黒い沼田の手には、襲撃の凄惨さを物語るように乾いた血痕が残っている。

「…っ」

雫は、そうでなくとも白い肌を蒼白にし、噛み締めた唇だけを赤く染めた。

「雫？」

一瞬のうちに目つきを変えて沼田の傍から離れ、出入り口に佇《たたず》む新田の胸倉を摑むと、無言で部屋から引っ張った。その様子に、夏彦は更に顔色を悪くして追いかける。

「雫！」

部屋から出ると、雫は新田の身体を壁に叩きつけ、そのまま襟を締め上げていた。

「連れてこい。父さんたちをこんな目に遭わせた奴を、今すぐ俺の前に連れてこい」

「雫…さん」

抑えきれない憤《いきどお》りが、その場に居合わせた新田に向けられる。どんなに新田が無抵抗とはいえ、華奢な雫に比べれば大柄で、肉体的にもそうとう優れた男だ。怒り任せに当たったとしても、本来なら大したことはないように見えるが、実際はそうではない。

「だいたいお前ら、揃いも揃って何してたんだ。父さんが母さんを庇ったたって…？　姐さんを組長が庇ったっていうなら、どうして傍にいたお前らが二人の盾にもならずにここにいる？　のうのうと生きてるって、どういうことだか説明しろ」

「よせ、雫！」

雫は、異変に気づいた夏彦が羽交い締《はがじ》めにして引き離さなければ、新田の息の根を止めかねない状態になっていた。

彼の細腕のどこにそんな力がと疑いたくなるが、これが沼田によって手塩にかけて育てられた雫の本性だ。華奢な肉体を補うべく技を与えられ、それと同時に激情に精神を奪われないようにするために武道や習い事で鍛《きた》え上げられた〝沼田の花〟であり〝宝〟なのだ。

「くっ…、申し訳ありません。いかなる処分もお受けします。しかしその前に、どうか俺たちに犯人を追わせてください。おやっさんたちをやられたけじめを、俺たちの手でつけさせてください。お願いします!!」

しかし、それでも前触れもなしに親をやられた怒りが抑えきれず、雫は夏彦に止められた。

「———雫。今は身内で揉めてる場合じゃないよ。とにかく犯人を捜さないと。ね」

雫の中に眠る凶悪なまでの極道の血を察知してか、佐原も雫を諭すよう声をかける。

「それなら、俺たちもできる限りのことをするぞ」

すると、そんな佐原を援護するように、たった今到着した者たちから声がかけられた。

「八島《やじま》組長」

「話はうちのもんから聞いた。協力する」

「朱鷺組長」

必要最低限の舎弟だけを護衛につけてきたのは、鬼塚の右腕とも言われる磐田会系八島組組長・八島宗次《そうじ》。そして朱鷺組組長・朱鷺正宗。

実はこの幹部二人さえ護衛のうちだったと知らしめたのは、その背後に立つ紳士の存在、磐田会系磐田組組長にして磐田会の総長・鬼塚賢吾《けんご》までもがいたからだった。

「それで、沼田には会えるのか？」

さすがに恐縮してか、雫もすぐに我に返った。

「鬼塚総長…。すみません、こんなことになりまして。父は、こちらに…」

夏彦共々鬼塚を中へ案内すると、沼田を生かす機械音だけが鳴り響く様をありのままに見せた。

「なんだよ、このざまは。俺はまだお前になんの命令もしてねぇぞ。お前の命は、俺に預けられてんじゃねぇのかよ」

総長とはいえ三十半ばになったばかりの鬼塚は、極道の世界ではまだまだ若い男の部類だ。どちらかといえば夏彦寄りのインテリタイプで、金策に長けた手腕を振るって、ある程度までは上り詰めた。だが、最後は持ち前の力と勢い、そして周りから得ていた信頼で一気に駆け上がり、周囲の〝力のある漢たち〟の引き上げと押し上げの双方を受けて、今の地位まで上り詰めた鬼の中の鬼だ。その完成されたルックスと、どこか甘みを感じる艶やかなマスクからは想像もできないが、鬼塚は間違いなく沼田や朱鷺たちが命を懸けられると判断した至高の漢だ。

「これは？」

そんな鬼塚の視線が、部屋の隅で妙に浮いていたテディベアを捉えた。

「はい。それは、おやっさんが姐さんのご機嫌取りのために買ったものです。なんでも、プロポーズしたときに似たようなものを贈ったからって、それで」

かなり大きなそれは、全長で一メートル近いものだが、どうやら買われたばかりで持ち主の恩人となったらしい。全身に鉛玉を受け、焼け焦《こ》げた痕が生々しく残っている。

「そっか…。多少の弾よけにはなってくれたんだろうな…」

「はい。それがなければ、即死だったかもしれません。本当に、本当にすみませんでした。私らがついていながら、こんなぬいぐるみ一つの代わりにもなれなくて」

横たわっているだけで物言わぬ沼田が、テディベアが、久しく鬼の魂にも火を点けた。

「そう思うなら、死に物狂いで捜し出せ。女共々狙うなんざ、男の風上にも置けねぇ」

よほどやり方が気に入らなかったのもあるだろうが、静かな物言いの中でも激怒していることが充分わかる。

「八島、朱鷺、他の連中にも声をかけろ。沼田への鉄砲玉は、俺への鉄砲玉も同じだ。そのつもりで、心してかかれと言え」

まさか現状で鬼塚が動くとは思っていなかっただけに、この指示には佐原も雫も驚いた。

「待ってください！　今しばらく、この件は沼田の者だけで追わせていただけないでしょうか。どうにも埒《らち》が明かないときは、お縋りします。ですが、まずは俺に、俺たちにできる限りのことをさせていただきたいんです」

新田など蒼白で鬼塚に直談判した。鬼塚からの号令が通れば、沼田を飛び越え、磐田会が動くことになる。関東一円に散った一万強の兵隊が、血眼になって沼田の敵を洗い出すことになるのだが、それはありがたい反面心苦しいものがあったのだろう。

「俺からもお願いします。親をこんな目に遭わされて、犯人も捜せない。敵も討《う》てないような者は、うちにはおりません。必ず犯人は捜し出します。どこの組のもんかはっきりさせた上で、けじめもつけさせます。ですから、どうかこの件は沼田組預けで」

新田の気持ちを汲《く》んだのか、夏彦も鬼塚に頭を下げて懇願《こんがん》した。

「――――わかった。なら、夏彦。まずはお前が沼田の代行に立って動いてみろ。ただし、無茶と無謀な真似はするな。この上お前らに何かあったら、俺が沼田に詫びなきゃならねぇ。子が親の仇を討つのが道理なら、親が子を守るのもまた道理だ。それに、杯を交わした兄弟同士が守り合うのもまた道理だからな」

「はい。ありがとうございます」

願いは聞き届けられた。鬼塚は夏彦に苦言は呈したもの、沼田の代行として務めるよう、この場で指示を出した。

「行くぞ」

すべてにおいて、今の沼田にはありがたい鬼塚の采配だった。

「あっ、鬼塚総長。皆様」

直々の指示が出たことで、新田や雫が個々に暴走することは避けられる。夏彦のもとで動き、全組員が一丸となって使命を全《まっと》うする義務が心に刻まれ、沼田組を自然と一つにする。

「本日はご足労いただきまして、ありがとうございました。父は、沼田は必ず回復いたします。回復した折には真っ先に磐田のもとへ、鬼塚総長のもとへ馳せ参じることと思いますので。どうかそれまで、今しばらくのお時間をいただきたく思います。本当に、申し訳ありません」

雫は、用事をすませると邪魔にならないよう気遣い、早々に部屋を出た鬼塚を追いかけると、身体を二つに折って礼を尽くした。

「――――わかった。まずは、しっかり看《み》てやれよ」

「はい」

まともに目を合わせて言葉を交わしたのは初めてだったが、雫はその眼力に目を奪われた。この世界では、男が男に心酔する様はよく耳にしてきたが、それをこの場で実感する。

『鬼塚総長。いずれは関東の、いや日本の極道の頂点に立せたいと、父さんが言っていた漢』

雫にとって、沼田は誰にも代えがたい父であると同時に、一国一城の主だ。

しかし、そんな沼田が若い鬼塚の援護に回ることを決意したのは、やはり彼の為人《ひととなり》だろう。

この漢の下になら身を置いてもいい――――そうと思える何かがあったからこそ、起こそうと思えば起こせたはずの〝磐田会総長〟ポジション争いをせず、どこまでも傘下の組長の一人として働くことを納得したのだろうから。

「雫。俺もいったん帰るけど、何もなくても連絡して。場合によっては政光の面倒は俺が見るから、遠慮なく言って」

すっかり見惚れてしまった雫に声をかけてきたのは、佐原だった。

「芳水さん」

「俺、アテにされるの大好きだから」

「――――はい」

朱鷺が鬼塚に同行していたこともあり、この場は一緒に引き上げていったが、雫の手元には携帯番号とメールアドレスのメモ書きを残していった。

とても心強いそのメモ書きは、すぐに雫の頭の中へしまい込まれた。

大切なものだけに、あえて機械の中へは残さない。覚えた後は細かく刻んで、雫の手によりトイレへ流される。そしてその後は、少し残っていた気がかりのために雫は、一人で喫煙室に籠もっていた夏彦に声をかけた。舎弟たちが出入り口で待機はしているが、よほど大声を出さなければ、会話が漏れる心配はない。

「兄さん、よかったんですか？　沼田の面子《メンツ》はありますが、総長たちにご協力を願ったほうが、一刻も早く犯人を割り出せたんじゃ…？」

夏彦は、珍しく苦々しい顔つきを見せて、煙草の吸い口を噛み締める。

「それで犯人が身内だったじゃ、取り返しがつかないだろう」

「え⁉」

あの場で新田に賛同した真意が別のところにあったと聞かされて、雫の胸が驚悸《きようき》した。

「嫌な話だが、組員の中には珠貴が仕組んだんじゃないかって、疑っている者がいる」

「珠貴が⁉」

「ああ。戸籍上長男とはいえ、俺は母の連れ子だ。実子じゃない。そしてお前も…。けど、それはそれとして、どうしてお前や珠貴の名前が跡目の候補にも挙がらないんだっていう話は、前々から出ていたんだ。一部では、あからさまに不満を口にする者もいるし…。むしろ、そういう奴らに担がれて、事を起こしたんじゃないかって話が出ていて――」

こんなときに、なんてことを。そうは思っても、こんなときだからこそ出てしまう内容だ。

「でも、それは…。俺は上に立つ性分じゃないし、珠貴も同じだよ。たとえ珠貴だけが父さんの実子であったとしても、父さんが組や磐田のためを思って跡目に選んだのは兄さんだよ」

夏場に沼田が倒れたときには、〝こんな話〟が出る余裕さえなかった。

一部の者たちが顔を顰《しか》めていたのは雫もわかっていたが、それでも沼田の命令は絶対だった。沼田が「跡目は夏彦だ」と言い切ったことは、たった今鬼塚が「代行は夏彦だ」と言い切った事実より、沼田組の者には重い。どんなに鬼塚が上に立つ者であっても、舎弟にとって一番の主はやはり組長だ。我が殿はどこまでいっても沼田本人だ。

しかし、今はそれが災いしている。かえって仇になっている。沼田が一度は決めた跡目の話を撤回したがために、一部の組員の中には疑問だけが残ってしまったのだ。特に本人の意見が聞けない状態に陥ったがために、個々の思想だけが独り歩きを始めている。

「確かに珠貴はまだ十八だけど、腕っ節もいいし度胸もいい。気性的にも俺たちよりは父さんに一番重なる部分が多いとも思う。けど、沼田組で上に立って、尚かつ磐田会では下についてってことが、器用にできる子じゃないよ。どちらかといえば鬼塚総長には食ってかかりそうだし。だから父さんは、兄さんを選んだんだと思う。今後も磐田会で生きる沼田組の跡目だからこそ、上にも下にも柔軟な兄さんがいいだろうって」

雫は、まずは揺れ惑《まど》う夏彦の心から落ち着かせることを選択した。

冷静になれば疑心暗鬼に陥ることはない。どんなに沼田が世代交代はまだ先だ、俺が死んでからと豪語したところで、一度は「跡目は夏彦だ。こいつが俺の二代目だ」と公言している。

それまで撤回されたとは思えない。これが沼田の意思だろう。ならば雫は、その言葉に従うだけだ。たとえ誰がなんと言おうが、二代目は夏彦だと声を上げて言い切るだけだ。

「それに、いくらなんでも珠貴が父さんや母さんを襲わせるなんてありえないよ。まさか、兄さんも疑ってるなんてことないよね⁉」

「俺だってそんなことは思いたくない。あいつにそんな度胸があるなら、親父じゃなくて俺を取りに来るだろうし、そのほうが手っ取り早い。組もお前も全部自分のものになるしな」

「兄さんっ⁉」

しかし、夏彦には夏彦なりに気になることがあるのだろう。自分でも思いがけないことを口にした衝撃から、両目を見開いた。

「――――っ、すまない。言いすぎた。駄目だな、いつまで経っても俺は小物だ。鬼塚総長を前にした後じゃ、余計に自己嫌悪に陥るばかりだ」

手にした煙草を灰皿に押しつけると、動揺を隠せないまま傍にいた雫に両手を伸ばす。

「兄さん…」

雫は、ふいに抱き竦められて息が止まった。

「わかってる。俺も、珠貴が親父をなんて思ってない。けど、珠貴を神輿《みこし》に担ぎたい奴らがどう思ってるかまではわからない。今はどう信じていいのかわからないのが本音だ。疑っている奴らを押さえるだけで精一杯で、その疑いをきっぱりと晴らす術《すべ》がまだ見つからない」

　正直すぎる夏彦の戸惑いが、鼓動と共に伝わってくる。

「だからこそ、俺はこの手で親父やお袋をあんな目に遭わせた奴を見つけて捕まえなければならない。万が一のことを考えながらも、捜し出し、けじめをつけなければならない」

　どうしよう——このまま突き放すことができない。雫は答えを探し続けた。

「雫、俺を支えてくれないか？　俺にはお前が必要だ。兄としてではなく、代行としてでもなく、沼田夏彦には沼田雫が必要なんだ」

　組のことと個人のことを一緒くたにするのは何か違う。そうは思っても、今の夏彦にとってはすべてが一緒だ。むしろ雫ほど個人的な感情はないかもしれない。

「俺はお前を愛してる。お前にも俺を、俺だけを愛してほしい」

　夏に沼田が倒れたときから、夏彦の負担は誰も想像ができないほど大きなものになった。支えを欲しがるのも無理はない。できることなら愛する者に支えてほしい、傍にいてほしいと願ったところで罰《ばち》は当たらないだろう。

　しかし雫には、彼の弟として仕え、支える覚悟はできていても、恋人や妻というポジションに置かれる覚悟がまったくできなかった。今日という日に佐原を目の当たりにしても、それがどういうものなのか実感できず、この場に至っては、どう答えていいのかさえわからない状態だ。

『兄さん』

やはり一日片時で、答えが出るはずもはなかった。

「雫…」

思い余った夏彦が、唇を寄せてくる。

こんな気持ちで受けていいわけがない。だが、ここで拒《こば》んだら、どうなるのだろうか？

これはかりは二つに一つしか返事がない。それなのに、雫は戸惑ううちに夏彦に唇を奪われた。

触れた瞬間、怖くなって反射的に顔を逸らす。

「そんなこと言って、自作自演だったら目も当てられないぜ。騙されるなよ、雫」

ちょうど振り返ったようにも見えた雫に怒声を放ってきたのは、到着したばかりの珠貴だった。

そもそもこんな大事なときに、すぐに駆けつけないから、あらぬ噂が立ってしまうのだ。

雫は気持ちを切り替え、夏彦の腕からすり抜けた。まずは珠貴に注意しようとした。だが、殺気だった珠貴は、まるで聞く耳を持っていなかった。

「ここで親父が消えて、一番得をするのは俺じゃない。兄貴だ。ついでに親父襲撃の濡れ衣を俺に着せ、あの世に送っちまえば一番清々するのも兄貴だ。それなのに、俺が親父を？　ふざけんな!!　よくもまあ、そんな話を真顔で雫に吹き込むよな。呆れてものが言えねぇよ。てめぇなんざ、もう兄でもなければ弟でもない。金輪際《こんりんざい》、兄弟だなんて思わない。ましてや、親父の跡目だなんて死んでも認めねぇ」

雫が話しかけようとしても、その隙がない。一方的に捲し立てて、どんどん話を最悪なほうへ転がしていく。

「親父は強い漢だ。沼田は力のある奴が継ぐ組だ。沼田剛三の血を継ぐ俺のもの。この際雫もよく覚えとけ。正当な跡目はこの俺だ。沼田珠貴だってことをな！」

「珠貴、待て！」

ようやく雫が声をかけられたのは、珠貴が背中を見せた後だった。咄嗟に追いかけようとしたが、廊下で待機していた新田に止められる。

「雫さん、ここは私が。大丈夫です、口だけです。珠貴さんを信じてあげてください」

新田はその場に居合わせた舎弟たちに雫と夏彦のことを任せると、自分は珠貴を追った。

珠貴が生まれたときから家にいる新田が相手ならば、頭ごなしに嫌がることはない。

雫は新田に任せるしかなかった。

『こんなときに限って、どうしてこんなことに…』

とはいえ、他に浮かぶ言葉がなくて、雫は重い溜息をついた。

その後ろ姿を見つめる夏彦は、もはや溜息さえ漏らせない状態にまで追い詰められていた。

＊＊＊

事件発生からしばらくの間、雫は院内に泊まり込み、両親の間を行ったり来たりしていた。

『それにしたって、珠貴の奴。自分が疑われたことが、よほどショックだったんだろうけど。あんなことを兄さんに言うなんて』

雫と一緒に院内に泊まり込んでいる舎弟は、ヨシを含めた若手三名。二部屋を看るには心許ない気がするが、この病院には面会者を限定し、厳重に管理してくれる特別病棟がある。

いきなり他組の暴漢に襲われることだけはないので、雫も安心して、この程度の人数で付き添うことができていた。

「母さん、具合はどう?」

雫が病室を訪ねたとき、窓から見える空は秋晴れだった。

「わたくしは、大丈夫。けど、ごめんね…雫。こんなことになって」

「母さん」

「どうしてあの人を守れなかったんだろう…。あんな目に遭わせてしまったんだろう」

香夏子は腕や足に銃弾を受けていたが、手術後の経過は良好で、意識もしっかりしていたことから、二、三週間様子を見れば退院できるだろうと診断されていた。

「そんな…。父さんは、母さんのことが大事だから、好きだから守っただけだよ。男として、夫として、当然のことをしただけだって」

「でも…、わたくしが若い女のことで腹なんか立てなければ…。そもそも、こんなことには」

しかし、沼田に庇われて致命傷を逃れたことは、香夏子にとってはどんな怪我より痛いものだった。普段ならまだしも状況が状況だっただけに、人一倍責任も感じているようだ。

「何を言ってるの。あれに関しては、母さんが腹を立てても当然だよ。いくらなんでも、今になって四男だよ。それもまだ生後二ヶ月なんて、元気すぎるにもほどがあるでしょう」

「でも…」

「そんなことより、今は休んで。一日も早く回復してもらうことが、父さんのためにも組のためにもなる。母さんは母さんだけど、沼田組の姐さんでもあるんだから。こんなときこそ主に代わって仕切ってもらわないと」

雫には香夏子の気持ちが痛いほどわかった。だからこそ雫は、あえてこんなことを口にした。

一日も早く家に戻ってほしいと、甘えて頼った。

「雫…。また、あの子たち、ぶつかってるの？」

「え？」

「夏彦と珠貴。あなたが姐の存在を求めるときは、あの二人が問題を起こしているときだから」

「母さん…」

本心は見事なまでに見抜かれていた。さすがに義母でも、母は母。亡くしたときが幼すぎて、ほとんど記憶に残っていない実母より、やはり香夏子のほうが母親だ。産みの親より育ての親とはよく言ったもので、そう考えると、夏彦は兄だし珠貴は弟だ。今更意識を変えろと言われても、それは難しいとしか言いようがないことを知る。

「雫さん！　大変です」

そんなときだった。ヨシが慌てて飛び込んできた。

「今度は何!?」

そうとしか聞きようがない。雫の胸はとたんに不安でいっぱいになり、今にもはち切れそうだ。

「本家が、珠貴坊ちゃんの手に落ちたそうです」

「え？」

「若に対する反逆です。どんな経緯なのかはよくわからないんですが。とにかく、若が坊ちゃんに腹を刺されて――――。それで、本家が珠貴坊ちゃんの手に落ちたっていうんです」

「何、それ？」

それにしたって、どうしてこうも想像していなかったことばかりが起こるのか。

珠貴が夏彦を襲うなど、沼田夫妻が他から襲撃をされるより考えられないことだ。

「もちろん、坊ちゃんが幹部たちの抵抗も受けずにそんなことができたのは、刺された若が〝騒ぐな〟って制したからだそうです。これはただの兄弟喧嘩だって。とにかく雫さんを呼んで、坊ちゃんを説得してもらえと言い残して、病院に運ばれたからで…」

それでもまだ救いなのは、こんなことになっても夏彦は珠貴を憎んでいない。周りに指示を出してから病院へ運ばれたなら、瀕死の状態ではなかったのだろうと想像もできる。

「ただ、若や新田の兄貴がいなくなったら、とたんに若頭がのさばりだしたらしく…っ！」

しかし、そんな些細な救いさえ、雫は乱入してきた男四人によって粉砕された。

「のさばってて悪かったな。俺はそもそも沼田のナンバーツーだぞ。内乱で混乱している組の統率取るのは、当たり前のことだろう」

先陣を切って部屋に乗り込んできたのは、若頭を務める初老の武澤《たけざわ》。これでは病院側の面会管理も意味を持たない。武澤はヨシを蹴り倒すと、雫の目の前で伏せた後頭部を踏みつけた。

「うぐっ」

鼻の骨を砕いたような鈍い音と、雫の悲鳴が同時に響く。

「ヨシ!!」

「とりあえず、一緒に来てもらいましょうか雫さん。二代目がお待ちです」

「武澤…っ」

ヨシの頭を乗り越えて雫に迫る武澤の足に、顔を血塗《ちまみ》れにしたヨシが懸命にしがみつく。

だが、武澤の後に続く男三人に手足を取られ、広い病室を寝室と応接間に区切った衝立《ついたて》の向こうに連れ込まれていく。

その光景に雫が目を見開いたときには、声にならないヨシの悲鳴が心に響いた。

「安心してください。おやっさんや姐さん、雫さんには危害を加える気はありませんよ。邪魔なのは無力な若だけで…。若さえ黙って退いてくだされば、なんの問題もないことです。後はあっしらが坊ちゃんを盛り立てて、沼田をこれまで以上に大きくしていくだけですからね」

「お前、なんてことを。まさか珠貴を利用したの？　珠貴を煽《あお》って、夏彦をやらせたの？」

武澤の勝手を知って、香夏子が怪我を押して起き上がる。

手には枕の下に隠し持っていた懐剣が握り締められているが、それは雫を突き飛ばして駆け寄った武澤に取り上げられて、逆に鞘を抜かれて突きつけられた。

「おっと。悪いが姐さんにも、しばらくここから出ないでいただきますよ。これ以上お怪我をされては、おやっさんに顔向けできませんからね」

武澤は、見せしめとばかりに、雫が香夏子のために移動したテディベアをズタズタに切り裂き、香夏子を威嚇《いかく》した。

「まぁ、若と一緒にやられなかっただけ、ありがたく思うんですね。名前だけの姐さ――っ」

この期《ご》に及んで非道の限りを尽くす武澤の手を止めたのは、すっかり顔つきを変えた雫。

「お前、誰に向かって言ってるんだ？　いつからそんな口が利けるようになった？」

声色さえ変わっていく雫の姿に、香夏子は咄嗟に「駄目」と叫んで、名前を呼んだ。

続けざまに「ヨシ、止めて」と悲鳴を上げるも、すでに遅かった。

「ついさっきからです。雫さんも若のようになりたくなければ、せいぜい大人しく、ぅ！」

雫の変貌していく様を軽んじた武澤は、手にした懐剣を奪われると同時に、その柄を使って頬骨が砕けるほど殴られた。

「何しやが……――ぐっっ！」

反射的に叫ぶも、最初の衝撃のためか、身体が思うように動かない。それを狙ったかのように、雫は武澤の左腿を懐剣で一突き、その場で動きを封じてから背後をふり返った。

「このっ。兄貴に何を…、ぐふっ!!」

武澤が上げた悲鳴と同時に、ヨシをいたぶっていた男たちが衝立の向こうから飛び出してくる。

黙って懐剣を左手に持ち替えると、雫は最初に向かってきた男の顔を勢いよく利き手で掴み、握り潰しながら後方の男の顔面に後頭部を叩きつけ、その場で二人を同時に倒した。

「うわっっ」

一瞬のうちに屈強な男三人が倒れた様に、最後の一人は悲鳴を上げて逃れようとしたが、雫は再び利き手に持ち替えた懐剣を投げると、見事に尻の片方に突き刺し、乗り込んできた男四人をたった一人で始末した。

「しっ、雫さんっ」

香夏子が悲鳴を上げてから、あっという間の出来事に、ヨシは我が目を疑った。

しかし、これが長年雫の傍にいる側近たちから聞かされていたものだった。

もしも一生雫の傍にいたいと思うなら、どんな姿を見ることになっても惚れ抜く覚悟がなければ務まらない。そう教えられていた、花の中に潜む狂気――――極道としての本質だ。

「大丈夫。まだ正気だよ。それよりヨシ、お前が医者にかかるついでに、こいつら一応診《み》てもらって。腹が立ちすぎて、あまり手加減できなかったけど」

それでも今日の雫には、まだ余裕があった。着物の袂《たもと》からハンカチを出すと、鼻血で顔を真っ赤に染めたヨシに差し出し、笑ってこの場の始末を言いつけるだけの理性も残っていた。

どうやらキレたわけではなく、本人の言い分どおり、腹が立っただけのようだ。

「ただし、お前には珠貴のところまで同行してもらう。どうせ他にも、この馬鹿な神輿を一緒に担いだ奴がいるはずだから、一人残らず紹介してもらうよ」

それでも武澤に関してだけは容赦がなく、太股を抱えて蹲《うずくま》る男の頭髪を鷲掴みにすると、雫は力任せに引っ張り上げた。

数分前の勢いを失くした武澤は、怯《おび》えと出血のために顔面が蒼白になっている。

「沼田は力のある奴が継ぐ組織——。だったらどれほどの力を持ってるのか、全部見せてもらわないと。そうだろう?」

雫は、美しいほどに冷酷な微笑を浮かべて、武澤を部屋から引きずり出していく。

「雫…っ。ぁ…っ。ぁぁぁ」

香夏子の視界に残されたものは、血に塗れた男たちばかりだった。

それも、もっとも見なくてすむようにと気を配ってきた、最愛の息子がのぞかせた凶悪さ、残虐さが生み出した、これでもそうとう軽傷ですんだ犠牲者たちだ。

『なんだ、これは。いったい誰の部屋だ?』

ただ、このとき偶然来院し、廊下を通りかかった大鳳がわずかに開かれていた扉の隙間から修羅場の跡を目にしたことを、ヨシや香夏子は知る由もなかった。

『沼田香夏子? おいおい。ここが襲撃されたとかっていう、沼田の姐の部屋かよ。まさか、あれを怪我人が全部やったとか言わないよな? いや、うちのお袋だったらやるか。ってことは、女を甘く見たド阿呆どもが、墓穴を掘ったってことなんだろうが。それにしたって、すごいな。この分だと、ヒグマの女房もやっぱりヒグマなんだろうな。本当にあの話は、完全破談にしておかないと、こっちがえらい目に遭うかもしれない』

当然、すでに立ち去った雫が知る由もなく、

『この際だ。面倒がらずに、仲人のほうに手を回しておくか。こればかりは石橋を叩いて渡るぐらいの手間をかけておくのも、ありだろうからな——』

また、大鳳がこの現場を作った張本人を知ることも、今しばらくはなかった。

怪我と出血で動けなくなっている武澤を引きずって帰宅した雫は、その光景だけでまずは舎弟たちを驚愕《きょうがく》させると同時に威嚇した。そして、沼田の部屋を占領し、組長気取りでふんぞり返っていた珠貴の姿を目にすると改めて憤慨、ものの数分で締め上げて恐怖の悲鳴を上げさせた。

「やめろっ。やめろ、ひぃっっっ」

室内に置かれた沼田の長ドスを手にした雫は、珠貴に夏彦と同じ痛みをとでも思ったのか、それともそれさえ考えられずに行動したのか、武澤同様その太腿に刃先を向けると、顔色一つ変えずに突き刺した。

「うぁぁぁぁぁっっ」

「し、雫さんっ、駄目です。それ以上は!!」

それを目の当たりにした雫つきの舎弟たちは、もともと素手でも殺しかねない技を習得している雫だけに、止めるのに必死になった。

「お気を確かに、雫さん！　それ以上は坊ちゃんが死にます。雫さんが坊ちゃんを手にかけるようなことになったら、おやっさんたちが悲しみます!!」

ある意味これを阻止するために、沼田から直々に雫の側近として選ばれていたと言っても過言ではない男たちにしてみれば、今こそその使命を果たすべきときだった。

「ほら、坊ちゃんも雫さんに謝って！　殺されたいんですか!!　頼みますから、謝って。この際雫さんを助けると思って、早く謝れって!!」

その使命を果たすためなら、この際どんな方法でも構わなかった。大柄な男たちは雫を二人がかかりで羽交い締めにし、残りは珠貴に許しを請うよう、土下座を強要した。

「あっ、謝れるかよ、今更」

しかし、激怒した雫の怖さに負けたのか、それとも身体中に走る激痛に負けたのか、珠貴は抵抗しながらも泣き崩れた。

「坊ちゃん！」

「だって、雫が悪いんだ！　雫が兄貴の肩ばっかり持つから。キスなんか…、してるから。俺は、俺はただ雫が欲しかったんであって、この組が欲しかったわけじゃねぇよ。このまま雫を兄貴には渡したくなかっただけで…。なのに、なんで雫はいつも兄貴の味方ばっかりするんだよ。兄貴のことばっかり、好きになっていくんだよ」

それも、誰もが呆れるしかないような動機で夏彦を刺したこと、三日天下も取れない三時間天下を取ったことまですべてぶちまけると、駄々っ子さながらにその場に大の字になって、激怒していた雫の顔が、別の意味で真っ赤になるようなことを叫び続けたのだ。

「兄貴を選ぶなら、俺を殺せ。雫に殺《や》られるなら本望だ。さあ、殺せっ!!　どうせ雫は兄貴がいればいいんだろう。俺なんか…、俺なんかいなくたって…っ。ぅぅぅっ」

それにしたって、言われてから気づくのもなんだが、そういえばそんなこともあったと、この場になって夏彦とのことを思い出した。戸惑うちに避けきれなかったキスが原因で、誤解が更に曲解を生んだのかもしれないが。だとしても、嫉妬から自棄《やけ》になっただけの珠貴の行動には、雫も呆れ果ててものが言えなかった。

「雫さん、落ち着きましたか？」

「おかげ様で。怒った俺が馬鹿みたい」

「この際どんな理由でもいいんですよ。よかった！」

珠貴のトンチキな愛憎劇に怒るどころか安堵したのは舎弟たちぐらいなもので、こうなると一番の被害者は、やはり刺された夏彦だろう。珠貴が行動に至った動機があれで、その後の顛末《てんまつ》がこの有様では、心身共に痛いだけだ。知れば苦笑もできず、失笑するしかない状況だ。

もっとも、珠貴の暴走の引き金となったのが夏彦本人だけに、雫も一方的に同情できる心境ではなくなってきた。こんなことに周りを巻き込んでしまったのかという申し訳なさのほうが勝ってしまい、今夜からいったいどこに足を向けて寝たらいいのかわからないほどだ。

「――――ったく。子供じみてて話にならないですね。そんなんだから、いいように利用されるんですよ。馬鹿騒ぎの神輿にされて、担ぎ出されるんです」

すると、一段落したところに新田が戻って、呆然と室内を見渡した。

「兄貴！」

「新田、兄さんは⁉」

「すみません。今病院から戻りました。大丈夫です。若のほうは、すぐに運びましたので、命に別状はありません。ただ、決して軽傷ではないので、半月程度は入院になると思いますが」

雫は新田から夏彦の様子を説明されると、まずは胸を撫で下ろす。

「そう。無事とは言い難いけど、不幸中の幸いだと思わなきゃいけないんだろうね」

刺されながらも珠貴を擁護するような指示を出したところで、夏彦は珠貴の行動を理解していたのかもしれない。が、それにしたって世間一般ではありえない兄弟喧嘩だ。一部に跡目争いが絡んでいるから〝極道っぽい言い訳〟も立つのであって、そうでなければどこにも説明ができないほど馬鹿馬鹿しくも凶悪な痴話喧嘩だ。

「とにかく。雫さんを本気で怒らせて、この程度ですんだのは幸いですよ。坊ちゃんの今後をどうするかは、若の回復を待って決めるとして、それまでは謹慎です。大人しくしててくださいよ」

特に現場に居合わせた新田など、自分もこの兄弟の育児には手を貸してきた、長年に渡って協力してきたという親心にも似た気持ちがあるだけに、珠貴のことばかりを責められず、自分の躾も悪かったのかと反省していた。着ていたスーツの上着を脱ぐと珠貴の応急処置を施して、大事を起こした責任とけじめだけは取らせますよと、言い聞かせるように諭していた。

「誰か。坊ちゃんを病院に連れていけ。治療してもらったら自宅療養で押し切って、しばらくは座敷牢にでも入っていてもらえ。その後は金積んで往診ってことで」

「はい」

「それから、武澤と一緒になって坊ちゃんを担いだ奴ら、すでにここから逃げ出しているんだろうから、一人残らず捕まえろ。どうせ坊ちゃんの気持ちを利用して、裏で糸を引こうって魂胆だったんだろうが…。こんな騒ぎを起こしたけじめだけは、きっちりつけさせないとな」

「はい」

この場は新田の采配で、次々と指示が出されていく。

「本当に、こんなことになってしまって、すみませんでした」

「いや、新田がいてくれて助かったよ。ありがとう」

こうなると、ようやく病院に搬送された武澤など、「若頭とは名ばかりだった」と後々まで言われることになるだろう。下手な夢さえ見なければ、ここまで上り詰めてきた自分のすべてを、無駄にすることもなかっただろうに。すべては沼田の言葉を軽んじていたことが敗退の原因だ。

「雫だけは怒らせるな」と常々言われていたにもかかわらず、それを甘く見たがゆえの顛末だ。

「いえ。それより雫さん。これからしばらくの間、代行をお願いできますか？」

ただ、雫にとって今後の問題となったのは、珠貴が迂闊《うかつ》に起こした事件より、そのことで夏彦まで不在になったことだった。

「代行？」

「そうです。今の私らには、もう…雫さんの他にそう呼べる方がおりません。本当なら、私も雫さんだけは、組の矢面に立たせたくはない。できれば、これまでどおりにしておきたい。しかし、こうなっては誰かに立ってもらわなければ、組の統率が取れません」

「それなら新田がいるじゃないか」

突然自分に突きつけられた肩書に、なんの冗談かと首を傾げる。

「今になって私が立っては、かえって謀反を起こす者を増やすだけです。まだまだ武澤みたいな馬鹿がいないとも限らないし。それに、おやっさんや若が快気して戻ったときに、なんの問題も起こさず、もとの鞘に収められるのは、やはり雫さんだけです」

しかし、代行を願い出た新田は真剣そのものだった。

「どうか、私らの組長代行に立ってください。おやっさんや若の代わり、そして姐さんの代わりまで務められるのは、雫さんしかいないんです」

組の要となる三人が抜けてしまい、尚かつ若頭だった武澤の謀反となると、仕える舎弟たちも、誰を信じていいのかわからない。そうなると、幹部たちが信頼されていない状態で、そこから代行を立てるのに危険だ。それならすべてを雫に預け、周りが雫を支えていくというスタイルを取ったほうが安心できるというものだ。

「姐さんの代わり…まで？」

「はい。こんなことになって、舎弟の誰もが迷うことなく命を懸けられるのは、雫さんお一人です。どうか、お願いします」

雫が怒りに駆られると感情のコントロールが利かなくなるのは、屋敷に身を寄せる一部の組員たちしか知らなかった。それ以外の組員は、雫を見たままの深窓の令息だと思っている。

いつも自分たちに笑顔と癒しだけをくれる、華やかな存在だと信じて疑っていない。

そんな雫がこの状況で代行となれば、自然に「守らなければ」という意識が高まり、漢も一致団結するだろう。新田の意図は雫にもひしひしと伝わってくる。

「でも、俺は…」

それでも雫は、迷いを露わにした。すでに幾人もの血で染まった両手を見つめ、次に意識がどこかへいってしまうこと、怒りで我を忘れてしまうことを恐れて、誰より危惧しているのは自分だと示した。しかし、不安げな雫の両手を新田は力強く握り締めてきた。

「命に換えてもお守りいたします。ですから、どうか――」

「雫さん」

「代行」

傍にいた側近までもが代行役を願ってきたことから、雫は沼田の次男として、代行として初めて表立って動くことを、覚悟するしかなくなっていった。

「わかった。なら、しばらくは俺が立つ。三人のいずれかが戻るまでの間ってことで、いい？」

「はい。ありがとうございます。なら、今後のことは私らが」

「いや、立つからには、この手を更に血に染める覚悟でやるよ」

「雫さん⁉」

そうして雫は、新田を驚かせるような決意を口にした。

「だって、そうだろう。少なくとも、お前ら全員の命を預かるんだよ。仁義と決死の覚悟を持って、今後の行動を取らせてもらわなきゃ。名前ばかりの代行なんて、逆に沼田の恥になるだけだ。父さんの名前に傷がつく」

自分が言い出したことだけに新田は、動揺と困惑が隠せないでいる。

「代行！」

「雫さん。なんて、力強いお言葉を」

それでも「やる限りは全力で向かう」と言い切った雫は、これまで以上に美しかった。

「――――ってことで、優先すべきは組長と姐さんをやった奴らの洗い出しだ。それ以外のことは、今は構わなくていい。内部分裂なんてもってのほかだ。それだけは心して」

「はい」

見た目の華やかさと、内に秘めた強さはすぐに漢たちを奮い立たせた。

「あと、珠貴と兄さんの件に関しては、先に俺から鬼塚総長にお詫びに行ってくる。これ以上、沼田の名前に傷をつけるわけにはいかない。ましてや隙を作れば、どこからまた奇襲をかけられるかわからない。ここが正念場だと思って、みんなにもしっかり動いてほしい」

「はい」

新田が特に助言する必要もなく、思いついたまま、だが的確に指示を出していく雫の姿に周りは活気づき、自然と笑顔になっていく。

「キャッキャッ」

しかもその声を聞き、雫が思わず「いたの？」と声を上げてしまった政光は、ずっと籠《かご》の中で寝かされていたとはいえ、修羅場の起こった部屋の隅で、元気に手足をバタつかせていた。

「お前は強い子だね。泣き声一つ上げないで。やっぱり父さんの血かな？　それとも芳水さんの教育のたまもの？　あ、そうか――だからか」

だが、政光を見たことで雫は気づいた。

沼田の部屋でふんぞり返っていた珠貴ではあったが、雫に踏み込まれる瞬間まで、政光の子守をしていたのだ。夏彦を刺した後悔と恐怖をごまかしていたのかもしれないが、それでも降って湧いたとしか思えない弟を嫌悪するでもなく、自分なりに受け入れていた。

だからこそ、舎弟たちも雫が到着するのを黙って待っていた。たとえ武澤が勝手をしたところで、珠貴一人ならどうにでもできただろうに、夏彦の言いつけを守っていた。

雫を待つことで、どこまでも兄弟喧嘩の枠で収めきろうとしてくれたのだ。

『兄弟喧嘩か…。兄さんのほうが、やっぱり珠貴のこともちゃんと見てるんだな。それに、みんなも兄さんの気持ちをちゃんと汲んでいて…。父さんが選んだ跡目に求めた要素って、こういうところなのかもしれない。今の時代に不似合いな凶暴さはいらない――そんな気がする』

雫は改めて血の繋がらない兄弟が、何で繋がっているのかを考えた。

『早いな、もう話が伝わってる』

その答えが出る間もなく、雫の携帯電話には佐原からのメールが入った。

『とにかく、最悪な状態だけは回避しなくちゃ。父さんや兄さんが、そして母さんが戻るまではこの家を、そして組を、俺が守らなきゃ』

雫は佐原に電話をかけると、自分のほうから今日のことを説明した。

組長代行に立ったことを報告した。

4

雫が正式に磐田総本家の鬼塚を訪ねたのは、後日のことだった。

朱鷺の家も立派だったが、やはり磐田会の本家ともなると桁が違った。

都心に広大な敷地を誇る大邸宅は、母屋の他に離れの別宅がいくつかあり、常駐している若い衆も百人はいる。何も知らない人間が見たら、地元の大地主か大企業の社長の家と思われそうだが、セキュリティ面でも最新かつ最高の設備を調《ととの》える本家は、間違いなく極道の住処《すみか》だ。

それも極上な漢が住む、侘《わ》び寂《さび》のある和の空間だ。

「このたびはお騒がせばかりいたしまして、重ね重ねお詫び申し上げます」

ここでも雫は一際輝く存在感を放っていた。

「こんなときに、また大変だったな。しばらくは負担も大きいだろうが、頑張ってくれ。声さえかけてくれれば、いくらでも手を貸す。変なところで意地は張るなよ。俺に言いづらければ、佐原を通しても構わないから。頼れるものは頼れ」

「ありがとうございます。お気遣いいただきまして、感謝で胸がいっぱいです」

歴史と伝統さえ感じさせる日本家屋の一室において、雫は床の間を飾る旬の花よりも美しかった。また、家主である鬼塚を前にしても凛とした姿勢を崩さず、着慣れていることが一目でわかる上質で品のある着物姿は、目にした本家の舎弟たちをも瞬時に魅了した。

「――ですが、いっときとはいえ沼田組を預かる身となりましたからには、父や兄の分まで磐田会のためにも働く所存です。何かの際には、ご存分にお使いください。どうか、下手な情はおかけにならぬよう、先にお願い申し上げます」

「わかった。なら、用があるときには容赦なく使わせてもらう」

「はい」

舎弟たちの、いつにないざわめきの意味がわかるだけに、鬼塚も終始苦笑しそうになった。

これはこれで大変だ。早く沼田が目を覚まさないことには、雫も引っ込みがつかなくなってくる。いつの世も漢は綺麗なものが好きだ。欲しいと思えば、争いの火種になることだって充分ありえる。ときには他人のものだと承知の上で、略奪さえいとわないのが本能に忠実な男の性《さが》だ。

「では、本日はこれにて失礼いたします」

「気をつけて帰るんだぞ。夏彦たちにもよろしく伝えてくれ」

「はい」

鬼塚は、雫が噂で聞いたとおり〝夏彦の妻だ〟と信じて疑っていなかったが、それだけに雫の優麗な美貌は危険なものに感じられた。

「沼田の代行。よろしければ、ご自宅まで送りましょうか」

「ありがとう。お気持ちだけいただきます。表に連れを待たせてますので…」

「――そうですか」

普通に考えても、一人で来るはずがないとわかりきっているだろうに、わざわざ当たって砕けた舎弟の一人を目の当たりにしたためか、笑うに笑えないまま額を押さえた。

せめて自分のところからは〝人妻に惚れるような馬鹿な男〟を出さないように釘を刺しておこうと心にも誓った。しかし、そんな鬼塚の心配をよそに、雫が舎弟たちに見送られて玄関から外門へ向かったときだった。

「あっ！」

敷き詰められた白い化粧砂利に足を取られたはずみで、草履の鼻緒が切れた。

緊張の余韻もあったのだろうが、雫は咄嗟に体勢を保てず、そのまま前のめりに倒れた。が、あわやというところで、ちょうど前から歩いてきた男に抱き留められて難を逃れた。

「す、すみません。ぁっ」

慌てて身体を起こすも、今度は鼻緒が切れた草履に足を滑らせ、後ろに倒れそうになる。

「おいっ！」

不可抗力とはいえ、いっそうきつく抱き留められて、雫の顔は真っ赤になった。

「大丈夫か。そそっかしいな」

『し、信じられないっ』

何も本家まで来て、前に後ろに二度もコケることはなかろうに――――。

普段は躓《つまず》くことなどないだけに、雫は自分の失態も、それを同じ人間に二度も助けられたことも、恥ずかしくて恥ずかしくて仕方がなかった。顔から火が出そうだとは、まさにこのことだ。

それなのに、

「お前、甘いな。甘い蜜《みつ》の香りがする」

そうでなくても赤く染まった頬をいっそう赤くしたのは、雫を救った男の呟《つぶや》きだった。

「え？」

よくよく見れば、雫はまだ男の腕の中だった。それも初対面、見ず知らずの男の腕に抱かれたまま、こめかみから外耳の辺りを〝くん〟と匂われて、感想まで言われてしまったのだ。

『ええっ』

ますます羞恥の念に駆られて、雫は男の腕を拒んで、逃れようとした。

「いや、なんでもない。どれ、直してやるよ」

すると男は、笑って自分のほうからいったん離れ、雫の足元に片膝をついた。

鼻緒が切れた草履に手を伸ばし、様子を見てから懐に手を入れて、取り出した手ぬぐいを噛んで千切ると、細い紐を縒《よ》っていく。

「め、滅相もない」

「これでも手先は器用なんだ。すぐに終わるから、肩にでも摑まってろ」

こうまでされたら、断れない。

『悪い人じゃなさそうだし…。大丈夫か』

雫は、極道の住処までに来て出会った男に対して、かなりお門違いな感想を持った。

「っ…、すみません。では、お願いします」

男に鼻緒の修理を任せてしまうと、言われるまま広い肩に手を置き、少しの間片足立ちをする。

『本当に器用だな…。どこの人なんだろう？』

初めは緊張と羞恥、そして混乱でよくわからなかったが、落ち着いて見れば男は粋に結城紬を着流すような二枚目だった。ただ、その貌《かお》は鬼塚も負けないほど艶やかで端整だったが、左のこめかみから頬に向けて深く長い傷痕がある。

『あ…っ』

その上、襟の隙間からのぞき見えてしまった男の背には、刺青《いれずみ》の一部とわかる絵もあって。確かに悪い人ではなさそうだが、一般的に見ていい人でもないだろうことが明らかだ。

雫は男に対して至極当たり前のことを見落とした自分に対して、しばし唖然としてしまった。

『いったい、どこの組の人なんだろう？　もしかしたら、俺は総長を訪ねてきたかもしれないクラスのお客様に、こんなことさせてるのかな？』

気づいてから怖くなっても遅い話だが、それでも雫には目の前の男が、屋敷に常駐している若い衆の一人には見えなかった。

男の肩に触れた手のひらからは、この着物が純国産、それもおそらくは厳選された雄の蚕の糸だけを使って織られた希少価値の高い結城紬の最高級品だと知ることができる。ほのかな縞織が上品な一反は、ある程度上り詰めた漢でなければ手が出せない上物だ。それなのに、男はこれを普段着感覚で着用している。それが見てわかるだけに、雫の動揺は増すばかりだ。

「さ、終わったぞ」

「ありがとうございま――――っ」

男はしばらく浮かせていた雫の足に手を伸ばすと、躊躇いもなく踵《かかと》を摑んできた。

何をするのかと焦《あせ》る雫に、直したばかりの草履を履かせてくれる。

「あのっ」

足袋《たび》の上からでも、男の手の感触が伝わり、全身が震えた。

「美人にはサービスいいんだ、俺。特に寝間ではな」

怯える雫を見上げながら、男はわざとらしくウインクしてきた。

口説き慣れた台詞《せりふ》に極上な笑みまで浮かべてみせると、完全に硬直している雫を残して、「じゃあな」と背を向けた。軽く後ろ手を振りながら、そのまま母屋のほうへ歩いていく。

「っ――――、ありがとうございました」

雫は、深々と身体を折り曲げて礼はしたが、その後はすぐに逃げるように外門まで走った。

『何？　何？　今の何？』

直してもらったばかりの草履への心許なさも手伝って、それは愛らしいぐらいの小走りだったが、とにかく相手の正体がわからない怖さから逃れたい一心で、舎弟たちが待機していた車まで走ってしまった。

『あの人、いったいどこの誰だったんだろう？　まさか出入りの呉服屋さんに刺青なんてあるはずないし。どう見ても、下っ端にも見えないし。それに、美人とか言われても俺は男だし。しかも寝間なんて…。って、からかわれただけだろうに、何本気にしてるんだよ、俺は！』

そうして車内に戻るとホッとはしたが、余計なことまで考えてしまって、いっそう鼓動が激しくなった。

『もう、別に鼻緒を直してもらうぐらい、何度も家の者にやってもらったのに』

幼い頃から同じような経験は何度もしているはずなのに、相手が違うとこうも感情が高ぶるものなのだろうか、それさえ比べようがなくて動悸ばかりが激しくなっていく。

〝お前、甘いな。甘い蜜の香りがする〟

雫はすっかり赤く染まった頬を隠すように俯《うつむ》き、側近たちには風邪を心配されて、余計に熱が上がった。

〝これでも手先は器用なんだ。終わるまで肩にでも摑まってろ〟

意識しないように意識すると、かえって視線が足元に行ってしまい、直してもらったばかりの鼻緒が目につき、男の手や顔を思い出す。

『駄目だ。やっぱり怖い。どうしよう。苦しい』

相手に特別失礼な言動を取った覚えはないが、それでも普段なら自分でするか、舎弟にでもやってもらうことをさせてしまった事実が、とにかく雫を不安にさせていた。

『苦しくて、熱い――』

もしかしたら、生まれて初めてされたかもしれないナンパか軽いセクハラに気づかなかったがために、雫は男が見せた言動に混乱しすぎて、その後は本格的に熱を出してしまった。

一方、偶然鉢合わせた相手にした小さな親切が大きなお世話になっているとは思いもしない男、単身で鬼塚を訪ねてきた覇凰会の大鳳嵐はその後もご満悦だった。

『今時あんな反応する奴もいるんだな。大阪の好きもの看守に爪の垢でも煎じて飲ませてやりたい。ちょっと触っただけで、ドキドキしてたぞ。天然記念物だな、あれは』

「おい、嵐。お前はいつから〝男の美人〟にまでサービスがよくなったんだ」

鬼塚には、「いったいうちの敷地で何をしているんだ」と目くじらを立てられたが、そんなのはお構いなしだった。大鳳は、出所以来一ヶ月どころか二ヶ月も続けた酒池肉林生活では一度として得られなかった〝特殊な快感《ときめき》〟を雫に覚え、こんなことなら名前ぐらい聞けばよかったと後悔までしていた。あまりに雫がおどおどしていたので、つい遠慮してしまったが、これは遊び慣れた大鳳にしてみれば、一度としたことがない大失態だ。

「そりゃ、臭い飯食ってる間にな。て、まさか今の和装美人、お前のコレだったのか？」

とはいえ、一番避けたいのはこの手の現実だ。大鳳は鬼塚に向けて小指を立てると、先に雫の所有権の有無を確認した。

「そんなわけないだろう。今のは傘下のもんだ」

もちろん、たった今〝人妻に惚れるような馬鹿な男〟を出さないと心に誓ったばかりの鬼塚にしてみれば、どんな嫌がらせなんだと聞きたくなる質問だ。

突然目の前に、最も厄介《やっかい》で扱いにくい馬鹿な男の候補を突きつけられたとしか思えない。

「傘下？　ってことは、何か。俺が今の美人を嫁に貰っていけば、磐田と覇凰にもご縁ができて安泰ってことか？　馬鹿げた婚約話に頼るような阿呆共も、少しは安心するってことか？」

「なんだと？」

「いや、俺もヒグマを貰うぐらいなら、見目のいい男の尻を追いかけるほうが、まだいいと思って。どうだ？　賢吾。今の俺にくれるか？」

そうでなくとも大鳳から持ち込まれた、自分にはまったく縁もゆかりも記憶さえもない〝婚約話〟や〝仲人話〟に絶句させられたばかりだというのに。その上こんな展開になってしまい、鬼塚は「今の和装美人が、そのヒグマだ」とは口にできないがために、顔面が引き攣りそうだった。

「生憎《あいにく》だな。そんな馬鹿な発想をするぐらいなら、俺とお前で正式に五分の杯を交わすほうが安心だろうし、安泰だ。しかも、今のはすでに他人のものだ。人妻だ」

「人妻ね。そう言われると、余計に欲しくなるな。ただの独り者より数倍そそる。しかも、妻ってことはすでに女役なんだろう？　見た目を裏切ってないところが尚いい」

「ふざけるな。妻は妻でも極妻だ。好奇心だけで手を出していい相手じゃない。やめておけ」

せいぜい「あれは駄目だ」「やめておけ」としか言いようがなくて、

「えー。かなり気に入ったのにな～」

などとのんきに言ってくれる大鳳には、怒りさえ覚え始めた。

「いい加減にしろ。これだけは冗談抜きに言っておくぞ。ちゃちな欲に駆られて戦争の火種は作るなよ。さすがに俺も、お前と争った挙げ句に務所へは行きたくない。そうでなくとも数少ないダチと争いたくないからな」

実のところ、遠慮する相手でもない。学生時代からの喧嘩友達、悪友というやつだったので、声も荒らげて凄んだが。

「何ムキになってるんだよ。言ってみただけだろう。っていうか、こっちも冗談抜きだからな。さっきの話、磐田の先代に代わってお前がきちんとチャラにしといてくれよ。間違っても俺を雌のヒグマと一緒になんかしやがったら、ただじゃおかないからな」

「了解」

それにしても、親の心子知らずとはよく言ったもので、鬼塚は同い年だというのに、大鳳相手にそれに近い心境にさせられた。

『もう、やってるよ。お前を雫には近づけないっていうところからな！』

だいたい、どこをどうしたら息子同士を婚約させるという奇抜な運びになったのかはわからないが、婚約の証として残されたという約束の書が、見れば〝箸袋の裏〟だという辺り、よほど泥酔した挙げ句の勢いとしか思えない。

遡《さかのぼ》ること二十年前――――いったいどんな経緯で勘違いを生んだのかは想像もつかないが、考えられるとしたら、雫が名前や容姿のために娘に間違われたのだろう。だから、大鳳の先代は嫁に貰うつもりで了承した。だが、わからないのはどうして沼田が当時中学生にもなっていたはずの大鳳を娘と間違えたのか。これはかりは、本人に聞かなければわからないところだが。なんにしても愉快に飲んだくれた極道親父三人が、誰も止められないのをいいことに、上機嫌で約束してしまったのだろう。こうなると、大鳳と雫だったのはまだマシなほうで、相手が夏彦と間違われていなかっただけでも幸いかもしれない。

『それにしたって、沼田め。必ず起きろよ。このまま逝きやがったら許さないからな』

鬼塚は、今になってまだ筋の通らない、わけもわからない難題ばかりを吹っかけられている怒りも手伝い、沼田の回復を心から祈った。

『たとえ逝くにしても、これだけは教えろ。なんで嵐を娘と間違えて、息子の嫁に決められたんだ？　まさかわかっていて息子と息子を婚約させたんじゃないよな？』

大半はこの気がかりを解決してほしいというものだったが、いまいち緊張感の欠ける騒動ばかりで、逆に頭が痛かった。これなら沼田襲撃の犯人を追うほうが、鬼塚としては性に合っていてありがたいぐらいだった。

＊＊＊

大鳳や鬼塚が先代の遺言のような婚約話に振り回されている一方で、意識不明とはいえ生存している沼田の家では、そんな婚約話はまったくといっていいほど誰にも知らされていなかった。

「そう。まだ父さんの意識は戻らないのか。ヨシ、俺は毎日病院に行けないそうにないから、父さんや母さん、兄さんのことを頼むね」

むしろ、そんな話が本当に存在するのかと思うぐらい話題に上ったこともない。そうでなければ、そもそも夏彦との内縁がどうのという話は出ないだろうが、それにしたって大鳳に接しただけで熱を出した雫だ。もしもこんな話をされたら、間違いなく倒れて寝込むだろう。

珠貴どころか夏彦まで激怒し、暴れるかもしれない。

「ん？　俺？　熱は下がったよ。ちょっといろいろと緊張が続いたせいだと思う。もう平気だから、安心して。じゃ、また連絡する。つきっきりにさせて悪いけど、頼りにしてるからね」

そう思えば、この話は大鳳から鬼塚のもとへ流れて正解だったといえる。

鬼塚にしてみれば、ただ迷惑なだけだが、それでも下手な火種はないに限る。今の時代に争いごとは不利益をもたらすだけだ。能ある長がすることではない。

しかし、

「――――代行っ、大変です！」

誰が望んでいるわけでもないのに、どうしてか争いの火種は起こった。

「今度は何？　誰？」

雫は通話を切ったばかりの携帯電話をベッドに置いて、まだ熱っぽさが残る身体を起こして、寝室の扉を開きに行った。

「珠貴坊ちゃんと、坊ちゃんにつけていた側近三人が、覇凰会の本部に連行されました」

報告に来た男の手には、身覚えのある茶色の髪と、血のついたピアスが入ったビニール袋が持たれている。

「どういうこと？　珠貴は自室で謹慎させているはずだろう？」

見れば一目で誰のものかわかる。雫は声を震わせて訊ねる。

「それが、さすがに落ち込んでいた坊ちゃんを見兼ねたんでしょう。まったく歩けないこともなかったので、少し、外の空気をと気を遣って…。ただ、その出先で覇凰会の連中といざこざになったらしくて、争ううちに――――、向こうの若いのを一人…殺っちまったらしいんです」

返ってきたのは、背筋が凍るような答えだった。

「殺っちまったらしい？」

「覇凰会の言い分では、坊ちゃんが手にしたナイフが…って。それで、こっちも殺られっぱなしでいるわけにはいかないんで、坊ちゃんの命を貰っていいかって、これを届けてきて」

雫の全身から一気に血の気が引く。

「すぐに、新田の兄貴が収めに行くって言ってるんですが、相手は許しが欲しければ、代行に詫び持ってこいって…」

足元から崩れて、力尽きそうになる。

「当たり前だよ。すぐにお詫びに行くから、相場の倍のお香典を用意して」

それでも雫は、ここで意識を持っていかれるわけにはいかなかった。

すでに珠貴がどんなことになっているのか、舎弟たちが五体満足なのかさえわからない状態で、現実から目を背けるわけにはいかなかったのだ。

「しかし、相手は代行一人を寄こせと言ってるんです。いくらなんでも、それは…」

「どんな条件でも行くしかないだろう！　とにかく、着替えるからお香典の用意をして」

そうして、微熱に冒されたまま雫は漆黒の着物に身を包むと、ふくさに包まれた香典だけを手にして、新宿界隈にある覇凰会総本部の事務所へ向かった。

「代行」

「珠貴たちは必ず無事に取り戻す。俺が、守るから」

「ですが…」

「大丈夫。誠心誠意、お詫びしてくる。でも、理不尽な言いがかりには応じない。それぐらいの分別は俺にもあるから」

　事務所の入った十階建てのテナントビルの前まで車で乗りつけると、その後は側近たちを車に残して、たった一人で中へ入っていった。


　大鳳がこの事態を知ったのは、雫が自宅のある池袋付近を出た頃だった。

「なんだと⁉　沼田の奴らに三田村《みたむら》の舎弟が殺られた？　どういうことだ」

　大鳳は事務所の入ったビルの最上階、そのワンフロアを仮宅に作り替えたうちの浴室で寛いでいたところを、下から上がってきた橋爪に報告を受けて、今回のことを知った。

「もとはちゃちな喧嘩のようです。ただ、こちらに犠牲が出たもんで、三田村がここぞとばかりにデカイ顔して、事務所に相手の四人を連れてきて締めてるそうです。どうやら向こうの代行を呼び出して、総長の前でけじめをつけさせて、株を上げようって魂胆のようですが」

「は？　何を考えてんだ、あの馬鹿は。橋爪、ちゃんと躾けてんのか。それとも何か、実は水面下でデカイ絵でも描いてんのか？　俺をもう一度塀の中へ放り込もうって腹か？」

バスローブを着込むと、大鳳は激憤も露わにしながら、寝室へ移動した。

「滅相もない。勘弁してくださいよ。私がそんなことしてなんの得になるんです」

「言ってみただけだよ。どうせ三田村の浅知恵だろう。だからあいつは出世しないんだ。今時頭使えねぇ極道なんか、ただのゴミだぞゴミ」

「ごもっともで」

橋爪は大鳳の着替えを手伝うべく後を追い、寝室のクローゼットを開くと、必要なものをテキパキと出して渡していく。

「それより、刺されたっていう、うちの若いもんはどうしたんだ？」

「病医に連れていったときには、すでに手遅れだったと…」

「手遅れだ？」

漆黒のシャツと漆黒のスーツに身を包んだところで、大鳳は犠牲の大きさを聞かされて、いっそう声を荒らげた。

「本当に、ただのド阿呆か、三田村は‼　責任取るのは、引率していたてめぇのほうだろうが」

ベッド脇に置かれていた一人掛けのソファを、横倒しにする勢いで蹴りつける。

「総長っ‼　総長どうか、どうか落ち着いて」

後から後から怒りが湧き起こってきて治まらない。

橋爪も声はかけるが止められず、大鳳自身の気が治まるのを待つしかない。

「はぁ、はぁ、はぁ…。とりあえず、そいつはお前が責任持って弔《とむら》ってやれ。三田村の阿呆じゃ当てになんねぇ。サツに手回して、家族にもちゃんとしてやれよ。俺も挨拶に行く」

大鳳の怒りは、ソファを半壊にしたところで、どうにか落ち着いた。

「はい…」

「なんにしても、三田村がこれ以上ひっかき回してくる前に、沼田のほうと折り合いをつけねぇとな。まさか向こうには、死人は出てねぇよな?」

実際、怒りが治まったわけではないが、当たり散らしているばかりではいられないので、セーブしたに過ぎない。

「はい。それは大丈夫です。先方には怪我人程度で――――」

と、そんなときに、窓の外から若い男の悲鳴が聞こえた。まるで断末魔のようなそれに、大鳳と橋爪の顔つきが一変する。

「馬鹿野郎、何が大丈夫だ。血の気の多い三田村に好き勝手させてたら、取り返しがつかねぇだろ。死人を増やす気か、てめぇはよ!」

大鳳は、三田村が連れ込んだという沼田組の組員の安否を確かめるために、寝室を飛び出し、専用のエレベーターで事務所のある二階へ向かった。

「――――ったく、どいつもこいつも、面倒ばかりかけやがって」

だが、そこにはすでに、言われるまま一人で事務所まで訪れた雫が到着しており、常時五十人からいる男たちの視線を一身に受けていた。

「あれが今の沼田の代行だってよ。跡目の情人らしいぜ」

「噂の男娼、カマ野郎のお出ましってわけか」

「は？　ありゃ女だろう。カマじゃなくて、ナベなんじゃゃねぇの？」

口汚く罵《ののし》られるも、忍の一字で耐える。

「お初にお目にかかります。沼田組組長代行、沼田雫と申します。このたびのこと、主不在のため、取り急ぎ私がお詫びに参りました。代表の方は、どちらでしょうか？」

まずは礼を尽くし、名乗りを上げてから、話をつけるべき相手を希望する。

「おう、俺だ俺だ。なんだ、奮い立つようなべっぴんさんじゃねぇか。本当につくもんついてんのかよ。実は胸があるなんて言わねぇだろうな」

しかし、雫の前に出てきたのは、少なくとも沼田組の十倍は組員を抱えるだろう覇凰会のトップとは思えない風格の中年男・三田村だった。

「どれ、見せてみろよ」

「────なっ」

白のスーツに派手な柄シャツを着込んだ三田村は、雫の全身を舐め回すように見つめた後に、いきなり着物の胸倉を摑むと力任せにはだけさせた。

「ふっ。生っちろい肌しやがって」

羽織は着ていても、中を開かれては、どうしようもない。雫は、ふくさで包んだ香典を両手で抱えながら、奥歯を嚙み締めるしかなかった。

「てめぇっ。汚ねぇ手で雫に触ってんじゃねぇ!!」

すると、その様子を見せつけるために連れてこられた珠貴が、掠《かす》れた怒声を上げた。

「静かにしてろっつってんだろう!!」

「ぐふっ」

「珠貴！」

すでにそうとう暴行されたことがわかるところを更に殴られ血を吐いた。

もともと怪我を負っていた太腿の傷は開き、日頃から手入れされていた茶髪は無残に切り刻まれ、顔の半分は歪んで、見るも無残な姿だ。

「雫っ…、なんで来た。帰れ…っ。帰れ」

それでもかろうじて残っているだろう珠貴の意識は、雫にしか向けられていない。雫の無事と安全、それしか願っておらず、そのことが余計に三田村の感情を煽って、暴虐に走らせた。

「うるせえ。黙れっつってんだろう、このガキ」

「よせ！」

だが、羽交い締めにされたまま、身動き一つできない珠貴に殴りかかろうとした三田村の前に雫が立ちはだかった。

「なんだよ。やんのかコラ」

「やるなら俺をやれ。どうせ、そのために呼んだんだろう」

香典を胸に抱えた雫の両手が、静かに震え始めていた。

まるで湧き起こる怒りを抑えるように、雫は弔いのために用意した香典を強く抱き続ける。

「なんだと？」

「だが、その前に亡くなった方に会わせてほしい。まずは弔いとお詫びがしたい」

しかし、そんな雫の姿もまた、三田村にとっては血肉を躍らせ、熱くさせるだけの存在だった。

「は⁉　何言ってんだ。そんなことより先にすることがあんだろうがよ。指詰めろや、指。その白くて細っこい指じゃ、一本二本じゃ足りねぇかもしれねぇけどよ」

三田村は雫の左手首を摑むと、一番近くにあったデスクへ引っ張り、その手をデスク上に叩きつけた。

「まさかビビってできませんって言わねぇよな」

周りを囲む男の一人に目線を送ると、短刀を持ってこさせる。

「まずはご遺体に挨拶をすませてからお願いします」

ひたすら耐えて懇願する雫に、三田村は短刀を手にして脅《おど》しにかかる。

「だからその遺体が、冥土《めいど》の土産《みやげ》にてめぇの指を欲しがってるって言ってんだろう‼　てめぇでできねぇなら、俺がやってやろうか。ん？」

声を大にし罵声を浴びせて、雫の手元に短刀を突き立てた。

「それともこの場で可愛い尻に、弔砲でもブチ込んでやるか。そのほうが、仏も観てるこいつらも楽しめるだろうしな」

それだけならまだしも、今度は背後から抱きつくと、着物の合わせを摑んで捲った。

「ほら、尻を出せ」

「やっ」

「嫌じゃねぇよ、弔いだって言ってんだろう」

嘲笑《ちょうしょう》を浮かべる男たちの前で、雫を凌辱《りょうじょく》し始めたのだ。

「やめねぇか、三田村！　てめぇ、俺の許しもなくここで何してんだ」

すると、かけつけた大鳳が、たむろする男たちをかき分け、雫の傍まで寄ってきた。

「総長！」

三田村の顔色が一瞬にして変わった。

『覇凰会の…、総長？』

雫は、現われた大鳳を見るなり柳眉をひそめる。

「話は大方橋爪から聞いたが、三田村。こんなところで油売ってる暇があるなら、仏の傍にいてやるのが筋じゃねぇのか。死んだのはてめぇの舎弟だろう」

「何を言うんです。俺は死んだ舎弟のためだからこそ、こうやっ――――ぐっ」

大鳳は、雫から三田村を引き離すと、部屋の中央へ突き飛ばした。

「刺された舎弟を率先して病院にも運ばず、こいつら連れて意気揚々とここに戻ったのは、どこの誰だ。許されると思ってんのか、兄貴分としてよ！」

「うっ!!」

どんなに粋がったところで、幹部の一人でもない三田村が大鳳相手に抵抗などできるわけがなかった。大鳳を心底から怒らせた代償は、その身体で払わされるだけだ。

「とにかく、この件に関しては俺が話をつける。てめぇは粋がる前に反省しろ。俺は帰ってきたばかりで、疲れてんだ。ガタガタされんのは嫌だと言っただろう」

大鳳は、尚も三田村の胸倉を摑み上げると、力いっぱい拳を振るい、幾度も叩きのめしては床に転がし蹴りつけた。

「しかも、よりによって磐田のもんと揉め事起こしやがって。てめぇこそ、この俺を舐めてんのか、あ⁉」

「むっ、向こうが先に喧嘩を売ってきたのに、買うなって言うんですか」

こうなると哀れなもので、自分まで一緒に怒りは買いたくない者たちが、三田村から視線さえ逸らしていく。そんな様子が余計に大鳳の悲憤を煽って、どうしようもないものにするとも知らずに。

「ふざけんな！　喧嘩を売ってきたのはてめぇのほうだろ」

すると、三田村の言い訳に対して、珠貴はこれだけはうやむやにしないぞと、声を掠れさせながらも叫んだ。

「街中でデカイ声出して、兄貴や雫の悪口言いやがって…っ。口が裂けても言いたくねぇような、卑猥な…誹謗《ひぼう》中傷しやがって！」

そもそも謹慎中の珠貴が、好きこのんで喧嘩などするはずがない。自分が悪く言われる、絡まれるまでなら我慢しただろう。しかし、どうにも我慢ならなかったのは、雫がここにきて最初に浴びせられたような暴言を受けたためだ。それも珠貴が耳にしたのは、きっと雫が言われたことより、もっと下品で汚辱的な内容だったに違いない。

「黙れ、珠貴。悪いのはこちらだ。どういう経緯があろうが、お前が人を殺《あや》めたことに変わりはない。変わりはないんだ」

だが、それでも雫は珠貴にそれ以上の言い訳はさせなかった。

「それは違います、代行。坊ちゃんはただ、相手が刃物を出してきたから、躱したまでだ。そしたら相手が勝手に転んで自分の腹を！　あれは事故だし、正当防衛です」

「言い訳はするな!!」

「っ!!」

それは珠貴と同行していた側近たちに対しても同様だった。

「理由はどうあれ、人一人が死んだんだ。それがすべてだ。ここは法廷じゃない。これ以上言わせるな」

雫は、乱れた着物の襟を整えながらも、香典の包みを抱き締め続けていた。

ここで何をどう言われようが平静を保っていられたのは、失われた命があるという現実のためだ。それが事故であろうがなんであろうが、亡くした命の重さに代わるものがないからだ。

「そうだそうだ。こっちは可愛い舎弟を殺られてんだぞ～」

「黙れって言ってんだろが、これ以上俺に恥かかせんな!!　このトンチキが」

「ぐふっ！」

そんな雫の言葉に対して、まだケチをつけようとした三田村を見ると、大鳳は自分のほうが恥ずかしくなって、その身体を更に踏みにじった。

「総長、その辺で…」

しかし、三田村には制裁の時間さえ無駄だと思ったのだろう、橋爪が大鳳を止めに入る。

「そうだな。とりあえず、子供の喧嘩の始末は親同士でつけるってことで、構わないか？」

大鳳もそれは納得してか、憤慨続きで乱れた呼吸を整えると、雫のほうに視線を向けた。

「お任せします」

雫は、ようやくまともに話し合いができることに、少しホッとしたようだが、その半面新たな緊張に包まれ始める。

「やめろ、雫！」

もちろん、それを見ていた珠貴が、納得などするはずがなかった。

「なら、ついてこい。ここはどうもうるさいのが多すぎる。落ち着いて話もできねぇからな」

「あのっ」

逆をいえば、雫の気がかりは、この場に珠貴たちを置いていかなければならないことだ。

「橋爪。話がつくまで、そいつらちゃんと見ておけよ」

大鳳が出した指示は、今の雫にとっては、脅し文句にさえ聞こえるものだった。

この先、珠貴たちが大鳳に直接ついていたような幹部の監視下に置かれることは理解できたが、だからといって安全だという保証はない。不安が消えることはまったくないのだ。

「雫っ。行くな、雫!!　何をされるかわからねぇぞ」

それでもまずは話し合わなければ始まらない。雫は、逃げろと言わんばかりに叫ぶ珠貴の声を振り切り、大鳳の後をついていった。

事務所の出入り口からエレベーターホールとは逆のほうへ歩かされると、大鳳専用のエレベーターに案内されて、二階から十階のフロアまで一気に昇った。


雫と二人きりになると、大鳳は思い切り肩から力を抜いてみせた。

「こんなときだっていうのに、蜜の香りがする。やっぱり、錯覚じゃなかったようだな」

定員五人程度のエレベーター。大鳳は雫のほうに顔を向けると、出合い頭のように〝くん〟と鼻を鳴らして笑った。顔をのぞき込んでくる表情も、先日のものと変わらない。むしろ、これからどんな話をするのかわからなくなるぐらい、傷はあっても優しい表情《かお》だ。

『まさか、この人が覇凰会の総長だったなんて』

大鳳が最近まで投獄されていたことは、雫も舎弟たちの噂話で知っていた。

七年前に、いったいどれほどの抗争を起こして刑務所に行くことになったのか、詳しく知らない。ただ、当時高校生だった雫が、自分と同じような年頃の学生をチンピラから庇ったのが大本の原因だと聞いたときには、やはり先日と同じことが頭によぎったのを覚えている。

〝悪い人ではないんだろうな。この人も〟

そう考えると、雫の大鳳に対する印象は、昔も今もブレがない。これはこれで不思議だが、よく取ればそれほど大鳳自身に変化がなかったということだろう。

たとえどこにいても、何年経ったとしても――――。

「入れ。俺の部屋だ。気兼ねはいらない」

エレベーターが到着すると、開いた扉の向こうには、現在大鳳が寝泊まりしている部屋のエントランスフロアがあった。

「お前ら、しばらく下に行ってろ」

「はい」

そこにはボディガード兼任の大柄な側近たちが数名待機していたが、大鳳はすぐに全員を下の階へ向かわせた。雫と二人きりになった。

下の事務所の広さからすると、この仮住まいも二百平米はある。部屋割は5ＬＤＫぐらいだろうか、最初に雫が通されたイタリア製の家具で埋め尽くされたリビングは、まるでシティホテルのスイートルームのようだった。

「まさか、こんな形でまた会うとはな」

「はい。先日はお世話になりました」

大鳳は中央に置かれた応接セットのローテーブルに、まずは所持していた銃を取り出し無造作に置いた。上着も脱いで放り投げ、これで自分が何も持っていないことを証明してから、革張りのソファに腰を下ろして、テーブル上に備え置かれた煙草を取って火を点した。

「今夜は黒の紋羽織か」

「まずは亡くなられた方に、手を合わせようと思って…」

「そりゃ、遺体も見ずに責任だのけじめだの取らされたら、たまらねぇもんな」

雫にも適当に座るよう目配せされたが、そんな気にはなれない。ここまで来たのは犠牲者を出したことを詫びるためであって、慣れ合うためではない。どんなに大鳳が気を遣っても、雫から緊張感が消えることはない。

「いえ、そんなつもりでは…っ」

「甘いな。俺ならそのつもりで見せろって言うぜ。この世界、どんな言いがかりで難癖つけられるか、わかったもんじゃない。ま、今回はうちのもんにも責任があるようだし、喧嘩の最中の事故ってところだろうが…。それにしても、まさかお前が沼田の代行だったとはな」

それでも大鳳は、どうにかして雫の緊張を解こうとした。

「本当に申し訳ありませんでした。まずはこちらを」

しかし雫には、自分の役割を果たすことしか考えられず、自分のほうから話を切り出すと、抱えてきた香典の包みをまずはテーブル上に差し出した。

咄嗟に用意させただけに、本当にこの額でいいのか不安はあったが、さしあたってキャッシュで一千万。これで足りないような素振りが見えたら「頭金です」と付け加えるつもりだったが、大鳳はこれで「わかった」とうなずいてくれた。雫は少し気が楽になる。

「あとは、少しだけこの場をお貸しください」

あとは形式的になってしまうが、雫は一礼すると、テーブルを前に両膝をついて正座をした。周りを汚さないように黒の紋羽織を脱いで、自分の前に敷き詰める。

そうして、着物の懐から真っ白なサラシを取り出すと羽織の上に置き、それと同時に帯の結び目に刺して隠し持ってきた黒塗りの懐剣を取り出すと、静かに鞘から剣を引き抜いた。

すべての準備が調うと左手を広げてサラシの上へ、その後利き手に摑んだ懐剣を自らの小指に向けたが、ここで大鳳は席を立った。

「ちょっと待て。あれは事故だって言っただろう。なんのためにお前だけをここに呼んだと思ってるんだ。示談の話をするためだぞ」

雫の腕を摑むと、懐剣を押さえる。

「はい。ですから、これで示談を願えればと」

「よしてくれ。代行とはいえ、天辺に立つもんがいちいち雑魚《ざこ》の尻拭いまでしてたら、両手両足まで落としても足りねぇよ。だいたい沼田の幹部は何やってんだ。よくお前みたいなのを一人で寄こしたな。俺はそっちのほうが不思議でならねぇぞ。むしろ腹立たしいぐらいだ」

完全に懐剣を取り上げると、部屋の奥へ放り投げる。

大鳳は雫が本気だと知れば知るほど、感情を高ぶらせていた。まるで、「こんな代行とは名ばかりの弱者を寄こしやがって」と言わんばかりに、沼田の幹部たちへの悪感情も露わにした。

「いえ、問題を起こしたのは弟です。うちの幹部ですから」

「弟だ？」

「はい」

「じゃ、あれか。あの活きのいいガキが、噂に聞いた跡目争いの末にお前の亭主を襲ったとかって問題児か。どうしようもねぇな、どこまで身内に世話かけりゃ気がすむんだ」

ただ、それは大鳳が捕らえられていた一番若い男が、沼田の子だと知らなかったからで、知ればすぐに納得した。そんな悪条件が揃ってしまえば、沼田の幹部も雫を出すしか手立てがない。

雫の気性なら、こちらが来いと言わなくても、勝手に自ら迎えに来るだろう――と。

「けどな、そんな問題児のために、こっちまで巻き込まれるわけにはいかねぇんだよ。ここでお前の指なんざ貰ったら、今よりもっと沼田との関係が悪くなる。下手すりゃ磐田そのものともこじれかねない」

とはいえ、大鳳が雫にこれ以上の詫びを求めていないのは明らかだった。

本当なら、現金だって受け取りたくないのが、彼の本音だ。

「何事もなく付き合ってきたところに、下手な火種は不要だ。言い方は悪いが、こっちは鉄砲玉にもならねぇ組員一人のために、それも自爆事故で逝っちまったような馬鹿のために、事を荒立てたくはねぇんだよ」

言い方は雑だが、これも本心だ。

「お前の心意気はわかるし認めるが、この指一本がもとで戦争になったら、もっと大きな犠牲が出る。それは一番望まないところだ。俺も鬼塚も、当然沼田の親父もな」

雫の存在は漢を煽る。どうしようもなくかき立てる。

それは大鳳自身がすでに感じている。だから鬼塚も苦言を呈した。それが事実だ。

「――――ですが、それでは沼田の長はけじめもつけられない臆病者と、のちのちまで沼田の者たちが笑われます。磐田の恥にもなりかねません」

だからこそ、お前は首を突っ込んでくるなと言っているのに、雫は引こうとしなかった。

「それに、どんなに微力な若い組員のものであっても、命は命。本当ならこんな金や指ですませることじゃないと、沼田の父なら言うでしょう。たとえ昨日今日に杯をやった者のためであっても、父なら我が子の親として、尻拭いを買って出るはずです」

今も生死の境にいるであろう沼田の代行としての役割を果たし、また沼田の価値観や意思をとことん貫くことで代行としての役割を果たそうとする。

「そこまで言うならこの落とし前、きっちりつけてもらおうじゃないか」

「っ!?」

これでは埒が明かないと踏んだのだろう、大鳳は突然声を荒らげて、雫の腕を摑んだ、

「何が、沼田の父ならだ。組長代行って言ったところで、たかが跡目の情人がしゃしゃり出てきて、粋がんな」

「なっ!」

極道らしい力と強引さでその場から立たせ、勢いをつけるとソファへ投げ飛ばした。

「だいたい、お前みたいなのにごねられたら、こっちだってつけ込みたくなるだろう」

「ゃっ、何をする…っ」

大凰が華奢な肉体を押さえつけ、馬乗りになったのはあっという間のことだった。

「金も指もいらねぇよ。そんなものはこっちにしたら、なんの価値もない。貰ったところで、素人虐《いじ》めみたいで後味が悪いだけだ。けどな、この身体なら話は別なんだよ。たとえ後味の悪い思いをしたところで、欲しいと思う。他人のもんだとわかっていても、ちょっかいをかけてみたくなる。それをわかってないのは、お前だけだ！」

雫は捲し立てるように怒鳴られ、力ずくで着物の前をはだけられ、混乱するうちに口付けられて頭の中が真っ白になった。

「っ…っ」

瞬《まばた》きもできずに、呼吸が止まった。

「んんっ、んっ」

息苦しさと全身に覚えた圧迫感の中で、時間さえ止まった気になった。

「くっ…っんっ」

このままでは、心臓まで止まってしまう。そう思うのに、雫はなぜか合わせられた唇から口内を犯され、濡れた舌を搦め捕られていくにつれて、鼓動だけが早鐘のように鳴り響いてきた。

一度は真っ白になった頭の中に、大凰の存在だけが強烈に焼きついていく。

「――今日のことは全部チャラにしてやる。筋の通ったけじめとして受け取ってやるから、このまま朝まで抱かせろ」

長くて激しい口付けの後、大凰は呼吸一つ乱さずに言い放った。

「お前はお前であって親父でもなければ跡目でもねえ。この指一本に同じ価値があると思うな。けどな、逆を言えば、お前にはお前にしかないだろう、特別な価値がある。親父や跡目の指なんかより、よっぽど欲しいと思わせる特別なものがな」

これが交渉なのか脅迫なのか、それは受け止める雫にしかわからない。

「さあ、どうする。これでもまだ、けじめがどうこう言うか？　勝手に揉めて、勝手に迷惑の限りを尽くしただけの奴らのために、あえて身を挺するのか？」

大鳳は、雫に選択権を与えながらも、乱した着物の合わせから白い肌をまさぐり始める。

「さすがに沼田の親父でも、そこまでめでたいことはしな――――っ」

しかし、それが雫をこの件から引かせる強硬手段、説得する手段だったと大鳳が明かしかけたときには、雫は自ら身体を寄せて服従する姿勢を示した。

「俺が朝まで大人しくしていれば、筋の通ったけじめをつけたことにして、弟たちを返してくれるんですね？　これ以上傷をつけることはしないと、この場で約束してくれるんですね？」

このまま何をされても耐え忍ぶ。耐えて、けじめをつけて、珠貴や舎弟たちを連れ帰るという頑《かたくな》な意思を剝き出しにして、今度は逆に大鳳から答えを求めた。

「――――…、ああ」

大鳳は、ことの重大さに躊躇いながらも、雫から退くことができずに、抱いた腕に力を込めた。

甘い、今でも蜜のような甘い香りを漂わせる雫のすべてを堪能したいという欲望のほうが理性よりも勝り、腰に巻かれた帯にも手をかけた。

「なら、どうぞ好きにしてください。金も指も受け取れない。身体しか用がないというなら、俺はこれでカタをつけるしかないので」

この瞬間、大鳳が力任せにしようとした説得は、雫にとっては理不尽な交渉になり、そして大鳳自身にとっては、ただ卑劣なだけの脅迫となった。

「よく言った。いい度胸だ」

どんなに特別な思いを寄せて抱いたところで、弱者の弱みにつけ込んだだけの強姦になった。


覚悟を決めて瞼を閉じると、雫は大鳳に抱かれてリビングから寝室へと運ばれた。

雫よりも長身で肩幅も広い大鳳。体型に確かな差はあるが、それでもあまりに軽々と運ばれてしまい、雫は無意識のうちに唇を噛んだ。

「ほら。ここがお前のけじめの場だ」

ところどころに置かれたアンティーク照明によって、やんわりとした橙色に落ち着いた寝室のベッドは、大鳳が一人で使うには大きすぎるキングサイズ。雫は乱された黒衣のまま横たえられると、端に腰をかけてきた大鳳の手でゆっくりと脱がされていく。

照明が生む陰影が、そうでなくとも艶のある男の顔をいっそう艶色なものにする。深く長く入った顔の傷も目には薄れて映り、ここでは大鳳本来が持つ端整な貌《かお》を見ることができた。

「覚悟し…⁉」

大鳳は雫の着物の合わせを勢いよく開くと、一瞬手を止めた。

『八岐《やまた》の大蛇』

着物の裏地には、一面を使って八つの頭と尾を持つ大蛇の姿が刺繍されていた。仰向けになったまま微動だにしない雫を中心に顔をのぞかせる大蛇たちは、十六もの瞳をいっせいに大鳳へ向けて寄こし、まるで主の貞操を守護するよう威嚇し凄んでいる。

「お前の亭主は、よほど用心深いか嫉妬深いかだな。なんにしても大層な貞操帯だ。これなら暴漢に襲われたところで、怯んだ隙に逃げられる――が、俺みたいな漢には逆効果だな」

大鳳は、ほのかな明かりに浮かんだ大蛇と真っ白な長襦袢《ながじゅばん》に包まれた雫を見下ろすように立ち上がると、自分も着込んでいた黒いシャツを脱ぎ捨て肌を晒した。

美しいまでの筋肉で覆われた肉体は、肩から腰にかけて見事な逆三角形を作り出しており、ベルトを外して前を寛いだズボンの下からは、上半身同様に見事に鍛え上げられた下肢が惜しげもなく晒される。

「猛禽類にとって蛇は、ただの餌だからな」

そう言って笑った大鳳の背中には、紅蓮《ぐれん》の炎の中で翼を広げ、獲物を狙って滑降する鷹《たか》の姿が生き生きと描かれていた。

面と向かった雫の目には、大鳳が衣類を脱ぐために身体を捩った一瞬しか映らなかったが、それでも記憶に残る空の王は、どこか大鳳嵐という漢に重なるものがあった。

自由で壮大で力強くて美しい。大鳳が魅せる美しさは雫のものとは対照的で、真の優れた雄だけが持つことを許された神からの贈り物だ。こんなときだというのに、恐怖や恥辱よりも理性をいたぶる興奮と興味を起こす蠱惑《こわくてき》的な美貌だ。

「っ…っ」

大鳳はベッドに膝をついて上がると、雫の長襦袢に手をかけた。

「喪服に白い肌は一際映えるな」

みずみずしい白い肌がのぞき始めると、先ほどから大鳳を威嚇し続ける大蛇と共にはぎ取り、一気に雫を生まれたままの姿にした。

「っ！」

どんなに抵抗しないと決めても、身体は無意識のうちに自身を恥じて身を捩った。

だが、雫が前を隠そうとして背を向けたにもかかわらず、なぜか大鳳は嬉笑を漏らす。

「しかも、大蛇が守っていたのは、薄紅の花か。よくできたもんだ」

柔らかな橙色に染められた肌に浮かんでいたのは、色鮮やかな蓮の花だった。

まるで雫を菩薩に見立てて描かれたようなそれに引き寄せられて、大鳳は愛おしげに唇を落とし、舌を這わせた。

「沼田で生きる証にしてはずいぶん清楚で可憐だが、お前の背にはよく似合う――――」

ぶるりと震えた背中をチュッと吸い上げ、新たな花びらを作っては散らしてゆく。

「っ…っ」

肩から腕、胸から下肢へと這う頑丈な手に、そして白い背に繰り返されるキスの雨に、雫は身を硬くしながらジッと耐える。

今にも自分が嫌悪しそうな声が漏れてしまいそうで、唇を噛むたびに赤く染める。

「声、出せよ。亭主にしか聞かせられねぇなんて、この期に及んで言うなよ」

幾度となく発せられてきた「亭主」という単語に不快を覚えながらも、雫は大鳳が寄こす甘くて酷な仕打ちに息を呑んだ。

「好きにしていいとは言いましたが、サービスするとは言ってません」

「今になって、可愛くねぇこと言うなって。俺の肩に手を乗せていたときには、ちょっと心許なくて、いい感じだったぞ」

「っ…」

些細な抵抗をしたところで、倍になって返ってくるだけに、恥ずかしさばかりが増してどうにもならない。

「他に男は知ってるのか？　この反応じゃ、亭主一筋か？」

大鳳は、雫にもある欲望の象徴を握り締めると、軽く摩《さす》りながら反応を見てきた。

「っ！」

自分とは違う男の手に支配されて、雫はビクリと身を震わせた。心では頑に拒みながらも膨らむ欲望に気をよくしてか、大鳳はからかうように、そして意地悪そうに囁きかける。

「しばらく使ってないのか？　あ、そういや亭主は入院中だもんな。しかも、親父たちがあんなことになった上に、弟があぁじゃ、ゆっくり枕も並べられないか」

呆気なく大鳳の手を濡らした初な肉体に、愛おしさと同じほどの残虐さが湧き起こる。

「っ…くっ」

すぐにでも己の欲望を満たしたくなり、大鳳は濡れた利き手で秘所を探った。

窄《すぼ》みを探り当てると同時に人差し指と中指の二本を潜り込ませて、かき乱す。

「――――っ」

侵入を拒んで締まる肉壁を懐柔しようと、抽挿《ちゅうそう》を繰り返す。

『っ、…っ』

わかってはいても、いざ自分の肉体に他人の一部が入り込んでくるという覚えのない感触に、雫は瞼を固く閉じて唇を噛んだ。今以上の醜態を晒さないよう、それだけを念じて大鳳から送り込まれる快感という恥辱に耐え続けた。

「甘い…。お前はやっぱり甘い蜜の香りがする。初めて会ったとき、このなんとも言えない匂いに、鼻孔を擽《くすぐ》られた。こいつはお前のフェロモンか？　大の男さえ惑わす魔性の香りだ」

それでも幾分ほぐれた窄みに大鳳自身の欲望を突きつけられると、白い双丘の狭間に感じる危機感にいっそう身を硬くした。

「力を抜け。今更こんなこと言わせるな」

大鳳は、背中を向け続ける雫の背後から尻の片側を掴んで窄みを開くと、すでに強欲で満ちた熱棒の先端を押し入れ、そこから先は力で制するように雫の中へと入り込んだ。

「っ――――っ」

これまでとは比べ物にならない異物感が生み出した圧迫と激痛に、雫は悲鳴を呑み込み、乱れたシーツを掴んだ。

「きついってんだろう。力を抜け」

いきなり尻を叩かれ「ひぃっ」と声を漏らしたはずみに奥まで突き入られて、頭の中で何かが弾けた。無理矢理他人と繋がれた現実に、頭の中どころか心の中まで真っ白になりそうだ。

「そうそう。それでいい」

衝撃の大きさから力の入らなくなった雫に気づかないまま、大凰は姿勢を作り直した。

雫の腰を掴んで膝を立たせると、まるで雫のほうから尻を突き出したような姿勢を取らせて、奥まで埋め込んだ熱棒をゆっくりと抜き差しし始める。

いっそ、発情期の獣のように犯してくれればいいものを、大凰は自身の熱棒に雫の肉壁が上手く馴染むまで、様子を見ながら抽挿を続けた。

ベッドに顔を埋めて、ひたすら耐えるしかない雫にとっては、ただの拷問だ。

いっそ気も狂わんばかりに責められたほうがまだときが経つのも早かろうに、朝までの時間はまだまだ暗闇の向こうに隠れて、一筋の光さえ見せてくれない。

それなのに、強引に結合された部分からは、次第に淫靡な音が響いてくる。

勝手に濡れるはずもない男の陰部の滑りがよくなり、耳を塞《ふさ》ぎたくなるようにいやらしい音が、今度は雫を聴覚から犯す。

「――――っと。久しぶりの性交にしちゃ、ちょっと強引だったか？」

だが、それは雫の肉体をひどく傷つけたという証であり、大鳳は腰を引いたときに自身に絡んできた鮮血を目にすると、一度完全に引き抜いた。

「なら、少し癒してやる」

細い赤い糸のような鮮血が腿を伝って落ちるのを見ながら、赤く腫れた窄みに唇を寄せて舌を這わせた。

「ぁぁっ」

濡れた舌先で裂傷を弄られ、とうとう堪え切れずに声を上げた。

凌辱の果てに発した悲鳴のはずが、どこか艶めかしくて、雫はそのことのほうに絶望を覚えた。

「なんだ。こっちのが好きだったのか。やっぱり甘やかされてやがるな」

大鳳が思わず嬉笑を漏らしたように、雫の身体は激しい痛みよりも癒しを喜び、素直に反応した。当然といえば当然のことだが、大鳳にはそれが淫らな反応にしか見えなかったらしい。

「まあ、わからないでもないか。お前が相手なら、どこでも舐める。どんなお偉いさんでも尻の穴だろうが性器だろうか、足の裏でも喜んで舐めるだろうからな」

気をよくすると、それからしばらくの間は、傷ついた陰部を癒し続けて、雫を精神から犯した。

その後は「こんなところまでお前は綺麗だ」と淫虐しながらペニスや陰嚢をしゃぶりつくして、雫を狂気させた。

『いゃっ…っ、も、…っ許して』

爪先まで濡らされたときには、部屋の窓まで走って、身を投げたくなった。

どんな仕打ちにも耐える覚悟をもってしても、大鳳が寄こす愛撫は雫を精神から壊していく。

優しく愛されれば愛されるほど、肉体よりも精神が痛んで、雫は男の下で翻弄《ほんろう》され続けた。

「元気が戻ってきたら、お前もしゃぶれよ」

そうするうちに大鳳は、姿勢を変えると、膝立ちした自分の股間に雫の顔を引き寄せた。未だに一度も達していない熱棒を犬の鼻っ面にでも突きつけるようにして、雫に愛撫を強要した。

「嫌なら弟を連れてきてやらせるか？　それもまた一興だよな」

大きく逞しくそそり立つ欲望を前にすると、雫はどうしてかホッとした。

恐る恐る口に含むも、生きた心地がする。

「ふんっ。可愛くねぇの。そんなに家族が大事かよ」

変に優しくされるなら、むしろ当たり前に凌辱されるほうが、雫には楽だった。

大鳳にはわからないだろうが、あくまでも亡くした命のお詫び、許しを乞うためのけじめとして自ら身を預けた雫にしてみれば、我が身に愉悦を覚えるほど残酷なことはない。それを知ったからこそ、自分が貶《おとし》められていくことには、救いさえ感じた。

「ほら、もっとしっかりしゃぶれって。いつもやってもらうばっかりで、何もしてねんだろう」

これも逃避といえば逃避かもしれないが、雫は大鳳自身を貪《むさぼ》ることで、恥辱に塗れた自分を感じて安堵したのだ。

「そんなんじゃ、いずれ亭主に浮気されるぞ。気がついたら沼田の姐みたいに、愛人ゴロゴロ増やされて、赤ん坊連れてこられる羽目になる」

それでも、さすがに沼田の名前を出されると、我に返った。

「なんだ、例えがリアルすぎたか？　怒った顔も悪くないけどな」

やっと楽になれたと思った矢先に腰を引かれ、代わりに髪を、頬を、そして濡れた唇を優しく指でなぞられ、身体中が熱くなると同時に胸に激痛が走った。

「それにしても、見事な花だ」

『お願いだから抱き締めないで——』

声にならない懇願をしながら、雫は再び大鳳に抱き締められた。

寝乱れたベッドの上で膝立ちのまま、深く、長く口付けられて、泣きたくなった。

「惚れぼれする」

今にも崩れ落ちそうな身体は、二本の腕の中で揺れ惑った。

首から肩からキスをされ、背中一面に咲き誇る蓮の花を撫でつけられると、雫はどんどん胸が苦しくなって、息さえできなくなってきた。

「いっそこのまま拉致って逃げるか。朝になる前に、まだ夜の国へ。そしてまた次の夜へ…」

これは大鳳ならではの拷訴なんだろうか？

だとしたら、雫には聞いたこともない、どんなに卑劣なヤクザのリンチにもないやり方だ。

「そうして夜の世界を渡り歩けば、お前はずっと俺のものだ」

いっそう強く抱き締められて、口付けられて落とされる。

「んっ——っ」

頭の先から爪先まで業火で焼かれたような熱さを感じて、雫は思わず身を反らした。

「雫…っ」

崩れゆく肢体をベッドに横たえ、大鳳は尚も肩から背中にキスをし、そして次の瞬間固唾を呑んだ。咄嗟に起こった危機感からか、雫の背から離れて身を起こした。

『大蛇⁉』

ぐったりと身を伏せた雫の背には、先ほどよりもいっそう色鮮やかに浮かんで見える薄紅色の蓮の花が満開だ。邪悪な目をした大蛇などいようはずもない。

『こいつか…。こいつが視界に入っただけか…』

だが、そんな雫の傍には、大蛇を描いた着物が無造作に置かれていた。

『花のような妻を守る貞操帯としては、本当に役に立ってるようだな』

大鳳は着物を摑んでベッドの下へと落とすと、気を取り直して雫の身体に覆い被さった。

「ほら、もう一度入れてやる。しっかり咥《くわ》え込めよ」

ここにはいもしない男の影を感じさせられてか、生じた苛立ちが隠せない。

再び雫を背後から犯すと、今度は荒々しく突き入れた。

「っっ――――っ」

すでに傷ついているとわかっていながら、手加減ができない。湧き起こる怒り、嫉妬に任せて狂った肉欲を雫にぶつけた。

「どうせだ、背中の花ごと濡らしてやる」

そうして迎えた絶頂の瞬間、大鳳は雫の中から熱くなりすぎた欲望を引き出すと、溢れ出した白濁を白い背中から尻にかけてぶちまけた。

鮮血が混ざったそれで花を穢《けが》して、気を落ち着けるどころか、余計に気分を悪くした。

「うぅっ…っ」

背中で感じた汚辱に、雫は堪え切れずに涙を浮かべた。

〝お前は、お前だけは沼地の中にあっても咲き誇るような花になれ。未来永劫美しく、そして薫り高く咲き誇れ〟

溢れ出した涙を隠すように、ベッドに顔を伏せたまま全身を震わせた。

〝雫…。俺の宝。沼田の花――〟

こんなときに何を思っているのか、それは雫にしかわからない。大鳳にはわかりようもない。

「父…さ…。ごめんな…さい」

だが、心身共に限界を迎えた雫が漏らした呟きに、大鳳は我が耳を疑った。

『ちょっと待て。どうしてここで、父さんなんだよ。普通は亭主に謝るんじゃねぇのかよ』

もう一度聞き直したいと思っても、雫はそのまま力尽きて、完全に意識を失くしてしまっている。まさかこの若さで、子供もいるはずがないのに、亭主を「父さん呼び」しているのかとも思ったが、どう考えてもそれは不自然だ。やはり、雫が漏らした謝罪の相手は、沼田剛三だと取るほうが正しいだろう。

『いや、こいつはこう見えて代行か。最初は亭主の代わりかと思ったが、そうじゃない。〝沼田の親父〟の代わりであり、姐の代わりであり、そして跡目である亭主の代わりとして命を懸けてここまで来た。一家を背負う極妻だもんな』

大鳳は、こうなるとわかっていて、それでも後味の悪い思いに駆られて溜息をついた。

雫の裸体に布団をかけるとベッドを下り、サイドテーブルに常備された煙草を摑むと、嚙み締めるようにして吸い始めた。

『――――……』

吐き出した紫煙の中に、なぜか激怒するよりも軽蔑の眼差しを向けてくる鬼塚の顔が浮かんで、やり切れない。雫を抱いたことに後悔はしないが、やはり反省は起こる。煙草を持った我が手を見ながら『このけじめには、いったいどれぐらいの代償がいるんだ？』と馬鹿なことも考えた。

「他人の妻、それも極妻か」

いっそ、今からでも拉致して逃げるか。一生夜明けを避けて、逃亡するかとも考えるが、そんな時間は雫の寝顔を眺めるうちに過ぎ去った。

「ちぇっ、もう夜明けかよ」

嘘だろうと思うぐらい、あっという間に過ぎていった。

「俺としたことが、逃亡し損ねたか」

それでも今は秋の終わり、初冬の夜明けは夏場に比べればまだ遅い。

たとえ一時間でも余計に過ごせた、自分の傍に置けた事実に、大鳳は満足することにした。

5

「では、これで――」

すっかり表が明るくなった頃、雫は身なりを整え、珠貴や側近たちを連れて家に戻った。

持参した現金に関しては、雫の希望で覇凰会にではなく、亡くなった当人の家族に渡すことになり、それならばと大鳳も同額を用意し、合わせて香典として出すことにした。

そしてそれ以外のことに関しては、喧嘩両成敗。今後に引きずることのないようにと申し合わせてこの件は終結とした。

雫はそう信じて帰っていったが、大鳳はそうは思っていなかった。

『一件落着…な、わけないよな。大事になるのは、これからだ。烈火のごとく怒ってくんだろうな…、沼田の漢共が。雫に押さえられるとは思えない。場合によっては、賢吾も出てくる。あれだけ釘を刺されて丸無視だからな。むしろ奴が一番激怒して仕掛けてくるかもしれねぇ…』

大鳳はどんなに冷静を装っても、寝室の床に腰紐のうちの一本を忘れていった雫が、愛おしくてたまらなかった。

すぐに起こるだろう、雫の亭主なり鬼塚なりからの反撃に備えなければならないのはわかっていたが、なかなかベッドから離れられない。それどころか移り香を求めて身を横にした。

『まだ、匂う』

骨抜きになっている自分に苦笑しながらも、他のことを考えたくなかった。

もう少しだけこの余韻に浸っていたくて、幾度も寝がえりを打った。

「総長、よろしいですか」

すると、大鳳のもとに険しい顔つきをした橋爪が現われた。

「なんだ？」

凌辱がバレてさっそく宣戦布告でも来たか、相手はどっちだ、両方かと聞こうとしたが、その前に橋爪が申し訳なさそうに見せてきたのは例の箸袋だった。

「実は、先ほど帰られた沼田の代行ですが、どうやらあの方が総長の許嫁だったようです」

「――――？」

なんの話かと、大鳳は身を起こした。

「これに、雫と。先ほどの代行の名前があります。改めて調べさせても、沼田組長には息子しかおりませんでしたし…、あの方も実際ご次男様でした」

「次男？　跡目の嫁じゃないのか」

「いえ、跡目とは血が繋がっておりませんので、次男とはいえ嫁は嫁かと思います。もちろん、ご婚約はご幼少の頃の話ですから、跡目とそういうことになるとは、思ってなかったでしょうが。ただ、なんにしてもおやっさんたちは飲みの席で勘違いをしたまま、ご婚約の約束をされたんだと思います。よくよく考えれば、お三方とも飲むと陽気になられるタイプでしたし、勢いに乗じて…かと」

ますますややこしい話になってきた。

だが、婚姻の約束が書かれた箸袋には、大鳳と雫らしき名前が書かれている。

そうとう泥酔していたのだろう。雫と読むにはかなり苦しい捩れ方をしているが、言われてみれば読めなくはない。ヒグマの名前など、そもそも見もしなければ覚えてもいなかったが、確かにここには書かれている——沼田雫と。

「それで、その…、すみませんでした！　よく確かめもせずに、あのようなことを。総長が断固として破談の姿勢を見せてくださらなければ、私どもはありえない縁談に踊らされて、大恥をかくところでした。本当に申し訳ありません」

親が親なら舎弟も舎弟だった。今になって気づいた事実に、橋爪は更に蒼白になっていく。

「かくなる上は、この腹をカッ捌いて、今日こそお詫びを…!?」

お決まりのようにスーツの懐から短刀を出して、その場で腹まで出そうとする。

だが、こんなところで見たくもない皺腹を見せられるのは勘弁してほしい。大鳳は、橋爪から短刀を取り上げるとベッドのほうへ放り投げた。

「その必要はねぇよ。だって、ヒグマどころか至高の花だったんだろう？　〝俺の妻〟は」

とぼけた間違いをしやがってと怒りたいのに、大鳳はどうしても顔が緩んだ。

「なぁ、橋爪。せっかくのおやっさんらの厚意だ。やっぱり無にするのもなんだから、ありがたく受けようぜ。この縁談」

むしろ怖いぐらい浮かれ気味だ。

「そっ、総長っ！　何をおっしゃってるんですか。相手は男ですよ。しかも男なのに人妻！」

「だからどうした。約束したのはこっちが先だろう」

降って湧いたとしか思えないありがたい既成事実に、大鳳はますます橋爪を混乱させていく。

「いや、そういうことではなく」

「別にいいじゃねぇか。この際女でも男でもフィーリングさえ合えば。人妻上等、あの花は俺が貰う」

こうなるとどんなフィーリングなんだか、そっちを説明してほしいだろう。

「総長！」

「とりあえず、仲人に話を通して、一働きしてもらうか」

橋爪は、大鳳が仲人である磐田会総長たる鬼塚にこんな馬鹿な話を本気で持ち込むのかと知ると、その場で目眩《めまい》を起こして倒れそうになった。

『賢吾の奴、今に見てろ。わかっていてあの場で俺を欺《あざむ》きやがったこと、必ず後悔させてやる』

大鳳が朝っぱらから鬼塚を電話で叩き起こし、本当にこの馬鹿な話をし始めたときにはその場で腰が砕けて、しゃがみ込んだ。

「だってもう、食っちまったもんよ。知るかよ、亭主のことなんて」

やはり、やってしまったかと思ったときには、完全に倒れて目を回していた。

「とにかく、こっちは仲人まで立てて、二十年も前から婚約してんだ。それも磐田の総代の名のもとにだ。そこ、忘れずに」

当然、倒れて知らん顔したいのは鬼塚も一緒だろうが、それが許されるなら電話の向こうで頭は抱えない。

「よろしく頼むからな、鬼塚総長」

大鳳は、まずは会ったこともない亭主と同等のラインに立ったと勝手に決めつけ、この先どう攻略していくかを考え始める。忘れていかれた腰紐一本に身も心も雁字搦《がんじがら》めにされているのは、どうやら大鳳のほうだった。


自宅に戻った雫は、まずはその場に居合わせた舎弟たち全員を広間に集めた。

そして、今回のことは双方に落ち度が認められたので現金のみで和解した、そのように協議し結論を出したことを報告すると、その後は二度とこのようなことは起こさないよう、また日頃から軽はずみな喧嘩をしないよう最善の注意を促し、解散させた。

その後は自室に籠もり、食事もとらずに着物だけを脱いで寛いだ。

ベッドに入って寝ようという気にもならない。長襦袢姿のまま寝室に置かれたシングルソファに腰を落ち着けると、膝を抱えてぼんやりする。

『身体がだるい。だるくて熱い』

雫の左手の小指は、傷一つなく無事だった。組の者は誰もが失くしてくることを覚悟していたのか、雫が五体満足で戻ったことに男泣きする者も多かった。

その半面、本当に話し合いと金だけでカタがついたのかと疑う者たちもいたが、そこは沼田たちが入院中とあって恩情を受けた。大鳳自身も出所したばかりで騒ぎは起こしたくないという本音もあって、今回はこの程度で救われたとつけ足した。

あの場にいた珠貴や側近たちまでそれで納得したかといえば、それはわからない。話し合うにしてはずいぶん長い時間、雫が大鳳と二人きりだったことは事実だ。

『まるで俺の中に、まだあの人がいるみたいだ』

たとえ誰に隠したところで、雫が大鳳に抱かれたことは、自分が知っている。考えようによっては〝沼田の代行〟という肩書を穢してしまったのは、自分かもしれない。

『この先、俺は付け込まれたりするんだろうか？　いくらけじめとはいえ、あんなこと…。普通に考えたら、後々脅迫されても不思議はない。それこそ意識を失くしている間に写真やビデオを撮られていたとしても、そんなのヤクザの手口だろうに…』

考え始めたらきりがなかった。そうわかっていても、考えずにはいられなかった。

『――なんてことはないか。あの人は、俺がムキになったから、自棄になったに過ぎない。自分が心から〝事を荒立てたくないんだ〟って言ってるにもかかわらず、それを俺が理解しないで突っ張り続けたから、この野郎って気持ちになったに過ぎない。たかが代行の分際で、生意気言うなって。そもそも俺と対等だと思うなって…』

雫は抱えた膝に顎《あご》を乗せたり、頬を寄せたりしながらも、昨夜のことばかり考えていた。

『それに、最初に出会ったのが鬼塚総長のところなんだから。俺の背後に総長がいるってことも配慮して、ここは喧嘩両成敗の事故ですませようって言ってくれたのかもしれない。こんなことに総長まで巻き込みたくはないだろうっていう意図もあって…。それなのに、結局は俺が感情的になりすぎて、交渉そのものにも不慣れで、何よりあの人の言葉を信じることができなかったから、こんな馬鹿なことになった』

そんなとき、ふと鼻緒を直してもらった草履が目についた。

仮止めで直してもらった草履だけに、改めて修理に出さなければとは思ったが、それをわざわざ寝室にまで持ってきたのは、どうしてだったのだろう？

『悪い人じゃない。それは知っていたはずなのに…、俺はあの人を信じることができなかった』

あのときは、大鳳が誰だかわからなかったから、とても気になって怖くなった。

不安で熱まで出して、それでも鬼塚に確認することは躊躇われた。

本当に失礼がなかったか気になるなら、問い合わせるべきだった。むしろ、鬼塚に名前や連絡先を聞いてでも、その節は――と、お礼を言うべきだっただろうに。雫は何も考えられなくなって、数日とはいえ寝込んでしまった。覚えのない熱さ、経験のない動揺、昨夜もその前も雫は大鳳に会うと、そればかりになってしまう。

『俺は、もしかしたら、すごくあの人を苦しめたのかもしれない。抱きたくもない男を抱かせて、さんざん気を遣わせて、場合によっては…、今頃鬼塚総長に変な報告までさせているかもしれない。後で耳に入れるぐらいなら、少しでも早いほうがって…』

雫は抱えた膝を解いてソファから立ち上がると、桐の箱に入れられた草履を手にして、冷めやらぬ熱に冒され続ける自分をどうしたらいいのかと思った。

『どうしよう。だからって、こんなこと誰にも相談できない。俺の口から鬼塚総長になんて言えないし、さすがに芳水さんにも…どう切り出していいのかわからない』

溜息さえ漏れない。しかし、部屋の扉が乱暴に開かれたのは、そんなときだった。

「雫！」

「――――、兄さん。どうしてここに？　病院は？」

血相を変えて飛び込んできたのは、刺された腹部を押さえながらも帰宅した夏彦だった。

「昨夜、覇凰会に行ったそうだな」

「はい」

夏彦は足早に寄ってくると、雫の左手を取り確認した。

「いったい、何でけじめをつけてきた」

「お香典で。今回のことは先方にも落ち度があったらしく、下手に騒ぎを大きくしたくないと言われて」

雫は箱ごと手から滑り落ちた草履を拾うこともできないまま、同じ説明を繰り返す。

「馬鹿言え。人一人が死んでるんだぞ。それですむはずがないだろう」

「俺もそう言いました。けど先方の大鳳総長が、若い衆一人のために沼田や磐田との関係を壊すわけにもいかな――――っ!!」

しかし夏彦は、雫の長襦袢の襟を掴むと、力任せに開いた。

「嘘をつくな。お前に隠しごとは無理だ」

「兄さん」

晒された白い胸元には、凌辱の痕が点々と残っていた。言い訳の利かない証拠を見られて、雫は声を震わせる。

「やったのは大鳳か」

そうじゃない。大鳳にこんなことをさせてしまったのは、自分のせいだ。むしろ、こうするように仕向けてしまったのは自分のほうだと説明しようとしたが、雫は殺気だった夏彦に圧倒されて上手く言葉が出てこない。

「そうだよな。他の者ならいざ知らず、お前を前にして、こんな美味しいけじめを手下に任せるはずがないもんな。大鳳の野郎」

違う、そうじゃなくて。雫は懸命に首を振るが、夏彦は傷を塞いだばかりの腹部に手をやり、青ざめていく一方だ。

「こんなことになるなら、俺が珠貴を殺っておけばよかった。変に甘やかさないで、この傷のけじめをきちんとつけさせればよかった。もう、我慢の限界だ」

限界を超えた夏彦の悲憤は、大鳳に向く前に珠貴へ向けられた。

「兄さん‼」

身を翻《ひるがえ》すと自室へ飛び込み、長刀を摑んで鞘から抜いた。

磨き抜かれた刃で雫を驚愕させながらも、その足で珠貴の部屋へ踏み込んだ。

珠貴は、決して無事とは言い切れない身体を休めるわけでもなく、ベッドの上に胡坐《あぐら》をかいて俯いていた。

「お前、どこまで勝手をすれば気がすむんだ。お前のために雫は大鳳に、わかってるのか！」

怒号を上げた夏彦にシャツの襟を掴まれ、刃を向けられても抵抗さえしない。

「若!!」

「坊ちゃんっ」

騒ぎを聞きつけ二階まで駆け上がってきたのは、新田を始めとする側近たち。

「お前が取り返しのつかない喧嘩なんかしなければ、雫はこんなことにならなかった!!　お前は沼田の面汚しだ。このまま生かしておいたら親父やお袋に申し訳が立たない。斬る」

日頃から明るく爽やかな印象しかなかった夏彦が見せた凶暴さだけに、周りも怯んで手が出せない。そうでなくとも窓から差し込む冬の日差しを受けて鈍く光る刃は、珠貴の首に向けられている。下手に手を出せばかえって取り返しのつかないことにもなりかねない。

「――――っ。やれよ、やればいいだろう。俺だって、こんなことになってまで、生きていたいなんて思ってねぇ。むしろ、自分でやるから、それを寄こせ！」

しかし、事の顛末を察して誰より苦しんでいただろう珠貴は、夏彦の手を取ると、逆に長刀を奪おうとした。

「っ、兄貴？」

「珠貴！」

「何が自分でだ。カッコつけんな」

自ら首を落とす勢いで振り回されて、夏彦は反射的に珠貴の首から長刀を引き離しにかかった。

「カッコなんかつけてねぇよ。綺麗事ばっかり抜かす兄貴と一緒にすんな」

「なんだと」

それでも一瞬たりとも気を抜けば、どちらかが大怪我をする。

「やめて、兄さん。珠貴もやめろって‼」

「雫さん、いけません。かえって危険です」

今度こそ命を落としかねない展開に、雫は二人の間に飛び込もうとして、新田に阻まれる。

「放せ、新田！」

「八島、朱鷺」

しかし、雫が上げた悲鳴と同時に、部屋の出入り口からは力強く命ずる男の声がした。

『総長⁉』

声を聞いた瞬間、雫は両目を見開き、新田や舎弟たちも息を呑んだ。

「やめないか、てめぇら」

「おら。いい加減に、世話をかけさせんな」

舎弟たちをかき分けて飛び込んできたのは、八島と朱鷺だった。

二人は一瞬気を取られた夏彦と珠貴の間に割って入ると、八島が長刀を奪うと同時に朱鷺が夏彦を背後から羽交い締めにして、その場の危機を回避した。

「お前らの喧嘩は俺が預かった。文句はないな」

そうして、八島が取り上げた長刀が仲裁を命じた者、鬼塚の手へ渡る。いったい誰が鬼塚に知らせたのか考えたところで、今は答えなど見つからない。そうでなくとも緊張感でピリピリとしていた空気が更に研ぎ澄まされたものになる。その場にいるだけで肌に痛いぐらいだ。

「お言葉ですが、これはただの兄弟喧嘩です」

そんな中で夏彦は、背後にいる朱鷺を振り払うと、鬼塚に向かって言い放った。

「真剣を振り回してやる兄弟喧嘩がどこにある。てめぇらまだ懲りてねぇのか」

「でしたら、これは沼田内の問題です。一人が馬鹿をやれば、組織の全員が迷惑を被《こうむ》る。こいつを生かしておいたら、いずれは沼田どころか磐田会全体に迷惑をかけかねない。総長にもご迷惑になりかねない男ですから、その前に私が始末するんです」

今日だけは引かない。頑として仲裁を拒み、奪われた長刀の返還を求めた。

「そういう理由なら、尚更始末は不要だ。俺への迷惑ならもうとっくにかかってるからな」

しかし鬼塚は、それに怒る様子もなく、苦笑交じりで長刀を左手に持ち替える。

『まさか――――、大鳳組長が何か』

スーツの懐に手を入れると、青ざめる雫のほうへ向かって手にしたものを差し出した。

「ちょっといいか、雫。お前、沼田からこいつと同じものを見せられたことはあるか？　もしくは、この件について話をされたことはあるか？」

鬼塚から雫に見せられたものは、箸袋。何か書いてあるが、かなり文字が乱れている。

「なんでしょうか、これは」

「大昔に、お前と大鳳嵐をゆくゆくは結婚させると親父同士が約束した証書だ。これでもな」

「――――!?」

驚くよりも呆気に取られて、一瞬ポカンとした。が、それは雫だけではない。夏彦や珠貴も互いの状況を忘れて、顔を見合わせると首を傾げた。誰もが「なんの冗談だ」と疑惑さえ抱く中、まともに受け取り怪訝《けげん》そうな顔をしたのは新田ぐらいなものだ。

「何をどうしたらこうなるのか、それは沼田が起きない限りわからない。だが、これは大鳳家から出てきた。たぶん、このうちにも同じものがあるはずだ。この筆跡も本人たちのものに間違いない。で、こんな騒ぎの後になんだが、今朝になってこのことがわかったからと、奴から俺のところに連絡が入った」

だからこんな役回りは嫌なんだ。そう言いたげな鬼塚に、八島と朱鷺が黙って同情の目を向ける。二人にしたって朝から突然鬼塚に呼び出され、昨夜の出来事を説明されたときには覇凰会と沼田組の一戦を覚悟した。いくらなんでもこのままではすむまい。場合によっては原因を作った珠貴の処分を巡って、沼田内で血の雨が降る。それを見越したからこそ、こうして自らも駆けつけたのだが、その移動中にこの箸袋の話を聞かされたときには唖然とした。

説明してきた鬼塚が気の毒で、「そんな馬鹿な」とも言えなかったぐらいだった。

「ついては、この約束をもとに、嵐はお前と杯を交わしたいそうだ。兄弟としてか、夫婦としてかはこれから要相談ということらしいが、なんにしてもえらく好意的だ。お前にすっかり熱を上げている。何度俺が〝雫は他人のものだ〟と言っても聞かない。たとえそうであっても、婚約したのは自分が先だ、文句があるなら死んだ先代に言えとまで抜かしやがった」

雫など、自分のことを言われているような気がしなくて、未だに呆然としている。話だけは耳から入ってくるが、よく理解できていないふうだ。

「ま、それでも夏彦との話はただの噂で、お前がフリーだってことは朱鷺から聞かされたから、今後あいつにどういう返事をするのかは、お前の心一つだ。考えてやってくれ」

それでも鬼塚は雫に向かって懇々と説明し続ける。

「ただ奴は、先代同士がここまで友好的だったとわかった以上、沼田とこれまで以上にいい関係で付き合っていきたいとも言っている。磐田会に敵意はないし。それにここだけの話、奴は俺の学生時代からの悪友だ。それこそ珠貴ぐらいの頃に、ガキ同士の縄張り争いみたいな馬鹿をやって知り合った分、決して慣れ合うようなことはなかったが。不思議と気が合って、ダチをやってる。お互いこんな商売してるから、常に気にし合うこともしてる」

一通り大鳳側の希望を伝えた後には、鬼塚が大鳳とは個人的な繋がりがあることも明かしてきた。

「もっとも、どんな理由があれ、奴が磐田会に牙を剝いてくれれば、俺も真っ向から挑むことになる。そのときは、どちらか死ぬまで戦うことになるだろう。そうでなければ決着がつかない。だから、そんな覚悟さえ持って今も行き来している男だ」

雫は、この辺りまできて、ようやく話の展開が見えてきたのか、昨夜の大鳳の言動を改めて思い起こした。できるだけことを荒立てずに示談にしようと言ったのは、やはり大鳳の本心だ。

代行で現われた雫に変な同情をしたわけでもなければ、亡くした命の重さを軽視したわけでもない。大鳳の言葉を素直に信じ、そして今回だけはと甘えてしまえば、かえってここまで大事にはならなかっただろう。

「だから、これらの事情も含めて、この喧嘩は俺が預かる。何か文句はあるか？」

「ですが」

「やめて兄さん！　ここは総長の言うとおりにして」

雫は、これでも納得しようとしなかった夏彦を制すると、これ以上は自分もつらいと訴えた。兄弟同士が喧嘩になるのも、第三者に迷惑をかけるのも、自分は何一つ望んでいない。

「っ…」

夏彦も、ここまで雫に懇願されると、それ以上は口を噤んだ。鬼塚のほうにまで迷惑をかけてしまったことには一礼し、「すみませんでした」と謝罪した。

「わかったら、とにかくお前たちは沼田夫婦の敵を捜すことに全力を尽くせ。今は身内で争っているときじゃない。こんなときに兄弟力を合わせなくて、いつ合わせるんだ」

とりあえず収まりを見せたことで、舎弟たちはホッと息を漏らした。

八島と朱鷺も安堵したように目配せをする。

「夏彦。お前は病院から抜け出してこられるだけの元気があるなら、もう帰らなくていい。寝たきりでもいいから、ここで指揮を執《と》れ。一応八島を置いていく。相談なり、愚痴を零すなり、少しは頼って楽になれ。一人で抱え込むからおかしなことになるんだ」

鬼塚は、今後に指示は出したが、捜査そのものを自分が取り上げることはしなかった。

あえて自分の右腕ともいえる八島を残して、いずれは磐田会の組長同士、助け合う仲になるんだということも学習しておけと言い含めて、夏彦に承諾させた。

「珠貴。お前はそもそも謹慎中だったんだから、最低でもその怪我が完治するまでは謹慎しとけ。事故とはいえ、相手は死んでるんだ。喪に服するぐらいの気持ちがあっても罰は当たらないぞ」

そしてベッドに座り込んだままの珠貴には、謹慎の継続を言いつけた。

「ついでに、これを機会に覚えておけ。お前が馬鹿をやれば、苦しむのは親父やお袋だけじゃない。兄貴や組の者だけでもない。自分が惚れた相手もだ」

「っ……」

「惚れた腫れたと捲し立てるなら、自分のことより相手の気持ちを考えられるだけの男になれ。自分の幸せより、惚れた相手の幸せがどこにあるのかをきちんと見極め、優先できる男になれ」

まだまだ若い、感情のままに行動してしまっただろう珠貴に説教しながらも、今後雫が誰を選んだとしても、そのときは潔く諦めろ。それも一つの愛だと説いた。

「その上で、互いが命を預け合えるだけの覚悟と信頼、そして命を守り合えるだけの強さがなければ、極道の愛は貫けない。こんなものは性別の問題じゃない。心意気の問題だ」

誰もが思いどおりになることはない。どこかに必ず皺寄せがくる。

だが、それも人生においては一つの布石だ。本当のパートナーに巡り合うための試練の一つだと言い含めて、後は珠貴自身に任せた。

「とにかく、今は沼田を襲った奴を見つけ出すことが最優先だ。この件が片づくまでは、二度と兄弟喧嘩は許さない。次にやったら、俺がお前らを叩き斬る。いいな」

そうして二人を納得させた後、鬼塚は手にした長刀を夏彦に戻した。

そして雫のほうを振り返ると、

「あと雫、お前はしばらく朱鷺家預かりにする。赤ん坊を連れて今日にでも行け」

「っ⁉」

どうしてこの場に八島と朱鷺を同伴させたか、その真意を明かした。

わざわざ彼らまで連れてきたのには、それなりに意味があったのだ。

「ことあるごとに気が気じゃないって、佐原が心配してるんだ。それに、お前をここに置いといたら、いつ嵐が乗り込んでくるかわからない。この状況で、こいつらと嵐が鉢合わせしたら、今以上に最悪なことになる。次は血の雨が降るぞ」

「――――、あ…っ。はい」

雫にしても、自分が家を離れることには気がかりが山のようにあったが、いつ大鳳がここに来るかもしれないと言われれば、納得するしかない。どんなにこの場では収まったように見えても、いざ大鳳を前にしたときの夏彦がどんな反応をするのかは想像がつかない。

笑って挨拶などしないことだけはわかるが、それ以上のことは、今は考えたくもない。

「いいか、お前ら。一度に何もかも片づけようと思うなよ。優先順位を守れよ。まずは組織の幹部としての役割を果たせ。兄弟喧嘩も色恋沙汰の決着もそれからだ。わかったな」

雫を家から引き離されることに関しては、夏彦も珠貴も不服そうだった。

「返事は」

いい加減、これ以上鬼塚総長に面倒をかけるなと八島に一喝されて「はい」と返事だけはしたが、とうてい快く納得したという顔ではなかった。

＊＊＊

雫が政光と共に家を離れたのは、それから数時間後のことだった。

「新田。みんな。しばらく大変かと思うけど、兄さんと珠貴を頼むね。すぐに戻ってくるからみんなで力を合わせて、必ず父さんたちの敵を捜し出してね。必ずだからね」

雫は新田をはじめとする舎弟たちに見送られながら、朱鷺の車で一路吉祥寺を目指した。

夏彦と珠貴とは、それぞれの部屋で挨拶をすませた。一人は本来ならまだ入院中、一人は半殺しの目に遭って戻ってきたのだから、それもいたしかたない。

それどころか、でしゃばることも邪魔することもなく、夏彦から意見を聞き出し、新田や舎弟とも上手く動いてくれる八島を残していった鬼塚の采配は、やはりすごいと感心させられて。出かけるまでの数時間ではあったが、雫は八島の自然な気遣いに触れて、これなら安心して留守にできると心を落ち着けた。世話になった礼なら、すべてが落ち着いてからでもできる。雫は大鳳との一件があったためか、頼れる相手には頼り、甘えられる相手には甘え、事態を悪くしない術を学んだのだ。

「雫!!　政光!!」

そうして政光を抱いた雫が朱鷺家に到着すると、佐原は待ってましたとばかりに停められた車まで走り寄ってきた。

「芳水さん」

「心配したぞ。何かしら情報が入るたびに、最悪なことになっていくし。かといって、俺が首を突っ込んだら、もっとおかしなことになるから…」

佐原の顔を見ると、政光は自分から手を出し、抱っこを求めた。ちょっと会わないうちに、大きくなった気がした。この時期の赤ん坊の成長には目を瞠《みは》るものがある。

佐原はそれが嬉しかったのか、雫から政光を預かると、慣れた手つきで抱きながら家の中へ案内した。

「すみません。本当に、ご迷惑ばかりおかけして」

「そんなこと言わないの。誰も迷惑だなんて思ってないよ。あ、いや…そうでもないか。無責任な約束だけ残して逝った親父たちに関しては、多大な迷惑を被ってるな」

まるで実家に帰ってきたみたいな光景だなと、朱鷺は二人の後ろ姿に笑ってしまった。

あとは舎弟たちに任せて、自分は事務所のほうに出かけていく。

「———ったく、聞いて呆れるよ。どれだけ酔っぱらってたのか知らないけど、息子同士を婚約させるなんて、ありえないって。それに、二十年前って言ったら、雫が四歳で大鳳が十四か五だろう？　どんな光源氏計画なんだよ。子供の性別もわからなければ、年もわかってなかったんじゃないのか、あの馬鹿親父たちは」

「芳水さん、そこまで言ってしまっては…」

雫が佐原に案内されて自宅内を進むと、十畳程度の客間には、ベビーベッドやおもちゃの数々が用意されていた。一度は朱鷺の隠し子だと思い込まれていただけに、ここには本来不要なベビーグッズがかなり残っている。まるで本当に、嫁に出た娘か妹が子供を連れて帰ってきたようだ。しかも、雫がいつでも気晴らしにお茶やお花が楽しめるように道具まで一通り揃えられていて、短時間で手を尽くしたのだろう佐原には、本当に敵わないなと実感する。

「いいの、いいの。とにかく、雫はここにいれば安全だから。それに男たちが〝沼田夫妻の敵〟っていう共通の犯人を追ってるうちは、揉める心配もないし。だから、その間に自分に降りかかってきた問題だけに目を向けて。気になることは山ほどあるだろうけど、雫個人が先にけりをつけなきゃいけないのは、大鳳とのことだから」

「はい…」

雫は鬼塚だけではなく、佐原までこう言うのだから、きっと大鳳のことを真剣に考えなければいけないのだとは思った。

どう考えてもおかしい質問をされた、何をどう考えろというのだろうかと首を傾げるばかりのことを問われただけの気がしてならなかったが、それでも雫は言われるまま考えた。

まずは、連日起こった出来事から整理し、その上で大鳳が沼田や雫に何を求めているのか。覇凰との関係をどうしたいのかを考えた上で、一番今の状況に適した答えを求めようとした。

雫が朱鷺家へ来て二日目のことだった。夏彦が自宅に戻り、八島が手を貸してくれた状態で襲撃事件の犯人を追うことになり、さっそく進展が見えた。

「なんだって？　襲撃したのは金で雇われただけのチンピラで、どこの組の者でもない？　しかも、すでに殺されていた？　それって、口封じに始末されていたってこと？」

だが、新田から報告されたのは、事件の真相がますます謎めいたという現実だけだった。

「わけがわからない…。ようは、父さんは組長として狙われたわけじゃなく、私怨で狙われたってこと？　相手は沼田組に仕掛けてきたわけじゃなく、父さん個人に刺客を送ったってこと？」

襲撃の内容を考えれば、どこかの組織が暗躍しているように取れる。しかし、これが私怨によるものなら根本的に犯人像の見方を変えなければ、たどり着くことはできないだろう。

「でも、そう見せかけて何か企んでるってこともあるだろうから、先入観に捕らわれないように、今後も頼むね。みんなによろしく」

それでも、八島の応援が加わったことによる捜査効果は目を瞠るものがあった。

八島の舎弟たちまでもが捜査に加わり人数が増えたわけでもないのに、やはり指示が的確だとこんなにも早く結果が出るのかと感心するばかりだ。

『もしもこれが私怨だったら、単に父さんを殺れればいいってだけのことだったら、いったいどこでどんな人間に、これほど恨まれたんだろう。少なくとも父さんは素人さん相手にむごい仕打ちはしてきてない。女性に関してはいただけないけど、命を狙われるほど危険な相手を口説いた話は聞いたこともないし。不思議なぐらい、女性からは愛されることがあっても、恨まれることがない人だ。母さんだって、愛しているからこそ、あんなに怒ったんだし…』

雫は心を落ち着けたくて、花と華道ばさみを手に取った。

『そうなると、父さんが消えることで沼田の勢いと統率が落ちることを狙ったって考えるほうがしっくりくる。今すぐ戦争を仕掛けたいわけではなく、単に沼田という壁の一つを弱めて、磐田会への突破口にしよう。本当の狙いは、鬼塚総長。考えられなくもない』

用意された道具の他、肝心な花は今朝方庭先から佐原が摘んできてくれたものだった。

玄関と応接間といくつかの部屋の床の間に飾りたいから、お願いできるかなと笑って。政光の子守は自主的に引き受けてくれて、雫に一人でゆっくりする時間を作ってくれたのだ。

『それなのに、こんなときに俺と杯を交わしたいって、どういう意味なんだろう。父さんたちが酔っぱらった勢いで誤った婚約をした。これは理解できた。そして、それぐらい親同士の仲がよかったんだから、その関係を自分たちの世代でも引き継ごう。これもわかる。けど、わからないのは大鳳総長が――』

雫は、佐原の気遣いに応える意味もあって、真剣に考えた。

『大鳳総長が俺を…って、どんな裏があるんだろう。裏なんて言ったら失礼かもしれないけど。

でも、何かなければ、こんなおかしな話に便乗してきたりしないよな？』

真剣に考えれば考えるほど、杯を交わしたいと言ってきた大鳳の真意がわからなかった。

夫婦の杯なんて、なんの冗談かと思った。では兄弟の杯と考えると、自分では五分の杯が交わせない。跡目でもない自分が鬼塚と肩を並べようという大鳳を相手では、普通に考えても七分三分、下手をすれば八分二分程度のものしか交わせない。となれば、雫や沼田にとってはありがたくもない上下関係をつけられるだけだ。

それでも磐田や鬼塚にとっては、都合がいいのだろうか？

だから、鬼塚もそこを察しろと言ってきたのだろうか？

『これって、俺に情人の一人にでもなれってことなのかな？　多少は気に入ったから、愛人の一人ぐらいにはしてやるよって…。そういうこと？』

雫は手先が震えて、手にした花の茎を切ることさえできなくなった。

大鳳も鬼塚も悪い人間ではない。それはわかっているが、実際父や兄よりはるか上にいる漢たちだけに、どうしても彼らを見上げる形でしかものが考えられなかった。

同等どころか、下手をすれば見下げることさえ平気でする佐原とは、あまりに対照的だった。

そして、そんな頃政光を抱えた佐原はといえば、

「邪魔するぞ」

「勝手に敷居を跨ぐとは、いい度胸だな。お前誰？」

たった一人で乗り込んできた大鳳と玄関先で対面中だった。当然すぐに家へ上げるなんてこと

はせず、玄関土間に立った大鳳を堂々と上がり框《かまち》から見下ろしている。

「賢吾から沼田雫がここにいると聞いてきた。大鳳嵐だ」

「じゃあお前が、人の弱みに付け込んで貞操を奪った極悪非道なヤクザの親分？　その上、酔っぱらいの戯事《ざれごと》を盾に取って、許嫁とかって言いがかりをつけてきた超セコイ男？」

心なしか、腕に抱かれた政光の目も据わっていた。おしゃぶりを咥えたあどけない姿はしているものの、佐原の態度の悪さから大鳳を敵だと判断しているのだろう。赤ん坊ながら、佐原を援護する気満々だ。大鳳からしたら、戦意喪失もいいところだが。

「お前か。賢吾が〝くれぐれも恨みだけは買うなよ〟と言っていた朱鷺の男嫁は。本当に、歯に衣着せぬ言いっぷりだな」

「おかげ様で。それで、来れば会わせてもらえるとでも思ってるの？」

「思ってなきゃ、こんなもん用意してくるか。とにかく会わせろ」

しかし、そんな二人を前に大鳳は、後ろ手に隠し持ってきた大きな花束を出してみせた。

それは今を咲き誇る花々ばかり、ムラサキシキブや金木犀、見せばやなどの枝についた花ばかりだった。どもこれも可憐でつつましい雫によく似合う。大輪の薔薇やカサブランカとはまた違った風情があって、生花にも向きそうだ。傷はあれど、もともと端整な顔立ちをしている大鳳にもよく似合い、雫の趣味に合わせてきたのか、今日は大島紬の着流しだ。普段朱鷺や鬼塚を見ているいる佐原のお眼鏡にも、充分適う男前だった。

「なんの冗談？　何、一度やったら情が移った？　処女を奪った責任でも取ろうって言うの？」

佐原は、気合充分な大鳳に雫への思いを見せられた気がして、うっかり本当のことを漏らしてしまった。

「！」

処女の一言に大鳳の目が輝く。独り者より人妻がよくても、やはり人妻よりは処女のほうがいいらしい。むしろ、その一言に〝雫が誰のものでもなかった〟ことを察してか、今にも顔がにやけそうだ。その半面、「また肝心なことだけ俺に教えなかったな」と、鬼塚に対してはひそかに握り拳を作っていたが、なんにしても俄然やる気が上がったようだ。

「それとも、出合い頭に一目惚れ？　切れた鼻緒を利用して、縁結びでもしたつもり？」

自分のことには疎《うと》くても、他人のことには鋭い佐原。改めて大鳳の本心を探りたくなり、聞いてみた。

「――――まあ、いいや。会う会わないは、雫が決めればいいことだ。とりあえず、上がりたかったら懐のものは、ここに置いていけ」

だが、この答えは他人が聞くことではない。やはり雫自身が聞くべきだなと判断してか、佐原はようやく大鳳に草履を脱ぐことを許した。

「それも賢吾に聞いてきた。武器の類《たぐい》は車内の舎弟に預けてきた」

「あ、そ」

佐原に関しては鬼塚も警戒しているのだろう、大鳳への忠告は完璧だ。

「ところで、ここで奇襲を食らったら、手ぶらの俺はどうやって応戦すりゃいいんだ？」

「心配いらないよ。死守するから」

少しぐらいなら嫌味を言っても罰は当たらないかとぼやいてみたが、一笑で片づけられて、大鳳は完敗した。

「大した姐さんだな。最近まで素人だったとは思えない腹の据わりようだ」

命がけで守るだけの覚悟がなければ、上に立つ漢を丸腰にはできないということだろうが、

『元事務官だったな。でも。この人妻はパスだ。同じ美人妻でもツボが合わねぇ。ってか、朱鷺はドMか？　絶対に尻に敷かれてるぞ、こいつが相手じゃ』

長い廊下を楚々と歩く佐原の横顔は、気丈で気高く美しかった。同じ美しさでも、雫のものとは種類がまったく違った。

「ちょっと待ってて、会うかどうか聞いてくるから」

「それなら俺が直接聞くよ」

しかし、そんな佐原も最後の最後で大鳳には出し抜かれた。

「え！」

大鳳は部屋の前まで来ると、とっとと障子を開けて部屋へ入る。

「しばらく人を寄せるなよ。飛び込んでくるなら、最低でも〝助けて〟と叫ばれてからにしてくれ。あと、あんたの立ち聞きもなしだからな。小姑みたいな真似すんなよ」

障子を開けるのも早ければ、閉めるのも早い。

「――――…ちぇっ」

言いたいことだけ言われて障子をピシャリと閉められ、佐原は退散を余儀なくされた。

とはいえ、突然部屋に入ってきた大鳳を見ると、雫はただただ唖然とした。

「っ…」

「邪魔するぞ」

客間は二間続きで、雫が与えられた部屋は廊下側から一間置いた奥にあった。

「身体の調子はどうだ。尻の具合はよくなったか？」

「っ…」

大鳳は、歩幅の広い足取りで一気に距離を縮めると、奥の床の間の前に座っていた雫に、片膝を折りながらも持参した花束を差し出した。

「初めてなら、そう言えって。もっと加減してやったのに」

雫は驚きのあまり、手に持っていた小菊の花を切り落としてしまった。

「けじめに加減なんかいりません。今更、何が言いたいんですか？　それよりどうしてここに」

大鳳から人妻ではなかったことの最終確認を取られたことにも気づかず、視線を逸らして俯いてしまう。

「見舞いもあったが、会いたくなったから来た。それだけだ」

「なんの冗談ですか」

気を逸らすように、替わりの花を手にしようとして、再度花束を突きつけられる。

優しくて穏やかな風情のある花ばかり。雫は中でも薄紅色の山茶花に目を奪われて、華道ばさみをいったん置いた。

「冗談でこんなことするほど、俺は暇人じゃないし、モテない男でもない。情を移した相手に会いに来て何が悪い？」

「情？」

両手で花束を受け取った。

「ああ、そうだ。すっかりお前に夢中だ。最初はどうやって亭主から奪ってやろうかと思ったが、どうやら〝跡目の妻〟っていうのはただのデマだったらしいからな」

木々の花々は、柔らかで甘い香りがした。中でも金木犀の芳香がツンと鼻孔を擽ったが、なぜか雫には大鳳が放つ艶のほうが香しく、また悩ましい気がした。

「それならこうして口説くのに、誰にも遠慮はいらないだろう。ましてや親が決めた許嫁だ。婚前交渉もすんでることだし、後は家に迎え入れるだけだ。簡単だろう？」

そうでなくとも戸惑っているというのに、本人の口からはっきりと「家に迎えたい」と言われて困惑する。

「ふざけないでください。俺をからかうのも大概にしてください」

雫には、大鳳が好意からこんなことを言っているようには思えなかった。

どんなに本人が「情を移した」「口説いている」と言ったところで、二人が会うのは今日を入れても三度目だ。それで大鳳が雫を好きになるとは思えなかった。むしろ、これなら酔った勢いで息子同士を夫婦にしようと約束した父親たちの行動のほうが、まだ疑う余地もない。

「それともあんな箸袋一枚で、沼田を乗っ取るつもりですか？　俺を人質にでもして、父や組の者たちを言いなりにするつもりですか」

雫は、手にした花束を脇へ置くと、代わりに再び華道ばさみを手に持った。

もしも大鳳に「そうだ」と言われたら、この場で自分の喉を突く覚悟だった。

しかし、

「勘弁してくれよ。そんな面倒なこと誰がするか。お前、亭主になる男を舐めるなよ」

雫の疑惑に対して、今度は大鳳が憤慨を露わにした。

怒鳴るわけでもなければ、何をするわけでもないが、その眼差しが雫に訴える。

お前のほうこそふざけてるのか、俺を馬鹿にしてるのかと――――。

「そもそも今の沼田程度なら、一晩で落とせる。それが覇凰会だ。この俺様だ。ま、昨日の今日で惚れた腫れたと言ったところで、そういう返事しか帰ってこないのも無理ないが…。だったらもう少し、真剣に聞こえる話をしてやる。沼田の跡目、二代目はお前が継げ」

「っ」

それでも気を取り直すと、大鳳はその場に腰を落として胡坐をかいた。その眼差しからも怒気が消え、代わりに「跡目」について真剣に訴えるものになっていった。

「俺が後押ししてやる。俺が押す分には賢吾も文句は言わない。むしろ、今の内部状況を考えたら、願ったり叶ったりのはずだしな」

雫は、ますます大鳳が何を考えているのかが、わからなくなった。

「お前の人柄なら、それを望んでいる舎弟だって多いはずだ。沼田の親父だって実はそれを望んであんな婚約を決めたのかもしれない。力のある家の娘を家に入れて、地盤固めるのは今も昔も変わらないやり方だ。生憎、俺は娘ではなかったし、入り婿も無理な立場だが。それでも後ろ盾としては強力なはずだ」

やはり沼田を間接的に乗っ取ろうとしているとしか思えない。疑心暗鬼に陥ることしかできない雫には、大鳳が沼田組のために意見しているとは聞こえなかったのだ。

「おかしなことを言わないでください。それに、うちの父はそんなつもりで約束をしたわけではないと思います。酔った勢いとはいえ、場合によっては俺を婿に出してもいいと考えて、あんな約束をしたんだと…。さすがに息子同士だったと知っていたとは考えにくいですが、俺に跡目をとは、一度として考えていないと思うので」

雫は荒立つ自分の気持ちを落ち着けようと、大鳳から逸らした視線を花に向けた。

「沼田には長男制度でもあるのかよ」

木々がすぐに水を欲しがっているような気がして、大鳳が持参した花束を解くと、先にそれを生けることにした。

「いいえ。そんなものはありません。父が兄を跡目に決めたのは、任せられるからです。そして、俺が上に立つのに向かないことを、誰より理解している人だったからです。むしろ陰から主を支え、仕える側となって初めて生きる人間だと幼い頃から把握していたので、逆を言えば俺だけがそうなるべく育てられたとも言えます」

ムラサキシキブ、金木犀、見せばや、山茶花――すべてが今を咲き誇る、強くて逞しい木々の花々だ。雫は最初に山茶花の花を手に取った。

「俺は、幼い頃から母に習って、日舞やお茶やお花を身につけました。武道もたしなみましたが、それはあくまでも保身のためのものであって、攻撃のためではありません。まあ、見た目がこんなですから、凄みも利かないし。だったら少しでも主や組の者たちの癒しになればと思ったのかもしれませんが――」

パチンと心地よい音を立てて好みの高さに切った後、直径四十センチ程度の信楽焼のソリ水盤に置かれた剣山に、最初の一輪を生ける。

「それでお前は満足なのか？　極道の家に生まれた男として納得できるのか」

「人には人に見合った役割があります。上を目指すばかりが能ではないでしょう」

続けて、高さを違えた山茶花をもう一輪。こうして少しでも落ち着くと、雫にもわかった。自分も大鳳の考えがよくわからないが、大鳳も同じだ。同じ極道の家に生まれた男同士だというのに、何もかもが違うことが不思議そうだ。

「それに、これまで俺は充分幸せでした。今だって、父さえ無事なら…。もう一度目を開けてくれさえすれば、他には何もいりません」

「お前、よっぽど親父が好きなんだな」

雫は、ふと漏れた本音に、思いもよらないことを返されて手が震えた。

別に意識するほどではないのに、頬が染まる。

「どうしてここで頬を染める！　あのヒグマが好きなのか⁉　それってどういう好きなんだ⁉」

「べっ、別に。変な聞き方しないでください。血も繋がらない俺を我が子同然に育ててくれた人ですし、一人の組長としても男としても尊敬してますから。好きに決まってるじゃないですか」

こんな当たり前のことを口にしたのは、もう何年もないことだった。幼い頃は大きな声で「大好き」と言った記憶もあるが、いつしか雫は「父さん」と呼ぶのが精一杯になった。

年頃になると昔のようには抱きつくことも抱き締めてもらうこともできなくなって、雫は寂しさと切なさと狂おしさを覚えた。これではまるで、先に逝った亭主への申し訳なさから沼田に心から甘えることができなかった母のようだと思えた。夫を亡くしたとき、お腹にいた雫のために、母は沼田から向けられた情に縋ることを決めた。

だが、どんな経緯や理由があれど、情は情だった。交わせばいつか本気になる。

しかし雫の母は、亡き夫と沼田の狭間で揺れ惑う日々を送りながら、結局はその思いに素直になれないまま、雫が幼い頃に他界した。いつしか雫は、そんな母親の心まで引き継いでしまったのかと思うようになった。そして独り寝の夜には父に抱かれた幼い頃を思い、ときには――その自覚があっただけに、動揺が隠せなかった。

『おいおい、まさか本命は兄貴じゃなくて親父のほうだったとか言わないよな？　相手はヒグマだぞ、ヒグマ！　しかも髭面、強面の凶暴で万年発情の野獣だぞ』

次に手にしたムラサキシキブをパチパチと切り落としてしまい、かえって大鳳のほうに衝撃を与えた。

「大鳳総長だって、お好きでしょう。ご両親のことは」

どんなにごまかしたところで、声が上ずっていた。

雫は全身で沼田に思いを寄せていたことを大鳳に伝えてしまった。

「さて、それはどうだかな。ヤクザの子供に生まれ育って、親を好んで尊敬できる奴が、この世にどれほどいるのか聞いてみたいぐらいだ」

すると大鳳は、震える雫の腕を摑んで、先に華道ばさみを取り上げた。

「子供は親を選べない。まさにそのとおりだ。だが、こんな俺でも生まれて初めて親父に感謝してる。どんなにふざけたいきさつだったにせよ、俺にお前っていう許嫁を決めてくれて」

取り上げたはさみを手放すと、代わりに雫の前からソリ水盤や花々をいっせいに退かして、摑んだ腕を引き寄せた。

「っ！」

力ずくで抱き寄せられて、雫は大鳳の胸に顔を埋めた。

「今じゃ、心から線香の一本も供えて、手を合わせたい気分だ」

「大鳳総っ、んんっ」

慌てて逃れようとしたときには口付けられて、着物の裾と共に置かれた花が蹴られて、畳の上に花びらが舞った。

「咲き誇る花より甘い香りがする。いい匂いだ」

「やっ」

大鳳は雫の首筋に顔を埋めると、その場に倒して、組み敷いてきた。

「やっはりお前は極上だ。こんなに俺を夢中にさせたのは、お前が初めてだ」

「何するんですか」

抵抗する雫をものともせずに、着物の合わせを摑んでたくし上げる。

「大事にするから家へ来い。お前と共に、一生実家も大事にしてやるから、この際親父たちの決めたことに素直に従え。俺のものになれ」

「っっん、んっ」

再び口付けられたときには、露わになった白い腿に頑丈な手が這い、雫は手足をばたつかせて逃れようとした。

『いや、助けて父さんっ！』

力強くて逞しい——それは沼田となんら変わらないのに、大鳳の腕や胸は雫に穏やかで安らげるひとときをくれない。

「嫌なら声を上げてもいい。そしたら佐原が飛び込んでくる」

初めてこの腕に飛び込んだときから、どこか直情的で誘発的で、初な雫の心や肉体にさえも火を点す。

「もちろん、その程度で俺は萎える男じゃないからな。奴の目の前で戯《たわむ》れるだけだが、それが望みなら声を出せ。そうすれば——、ま、余計に話がややこしくなるだけだろうけどな」

熱が上がる。身体が芯から熱い。

雫はそのまま声を上げることもできずに、大鳳の下で屈した。乱された着物の狭間から差し込まれた手で足を開かれ、顔を埋められると、どうすることもできないまま乱舞させられる。

「ぁぁっ――――っ」

いつしか匂い立つ花々を握り締めながら、帯さえ解かれない姿のままで、大鳳のいきり立つ欲望を突き立てられた。

「んんっ、んんっ」

現実が怖くて、抱かれている間は目が開けられなかった。やはりこのままずるずると大鳳の手管にまかれて、慰みものになるのかと思えて、自然に涙が溢れて止まらない。

「雫…」

それでも不思議なことに、雫の中に眠り続ける凶悪なまでの怒気や狂気がこの場で目覚めることがなかった。先日はともかく、今日に関しては一方的に犯された。心身共に力ずくでねじ伏せられて凌辱されたはずなのに、悔しさや切なさ、やるせなさから涙が零れることがあっても、なぜか殺意は起こらない。

『こんなときに、こんなときだから、かえって理性的なんだろうか？』

目の前の男を殺してやりたい、血の海の中に埋めてやりたいという凶暴な欲求は、爪の先ほども起こってはこなかった。

「雫、俺はお前を慰みものにする気はない」

自らの欲求をぶつけ終えると、大鳳は横たわる雫の額に口付け、乱れた髪を撫でつけてきた。

「だが、お前が俺の本気を理解し、そして受け入れてくれるまで抱きに来る。俺と同じ気持ちになるまで通い続けるから、肝に銘じておけ」

その手で乱した着物を直し、自らも着崩れた着物を直すと、その後は「じゃあな」と言って部屋を出ていった。初めて会ったときと同じように後ろ手を振って、だが少し寂しげに肩を落として、雫の前から立ち去った。

「っ…っう。ぅっ」

雫はどうしていいのかわからなかった。床に散った花々は、まるで今の雫のようだった。大鳳の前では無抵抗で、逆らうこともできなくて、なのに香しくて色鮮やかで――。

『あの顔、絶対にまた親父に謝ってたよな。あんな男に二度も穢されましたってとこか？』

大鳳の理性を狂わせ、欲望を奮い立たせ、そしてこれまでならしたこともない後悔をさせて、何よりやるせない思いをさせていた。

『だとしても、ただのファザコンならいざ知らず、ヒグマが相手は勘弁しろよ。あの手が好きってことは、完全に俺はタイプじゃないってことだよな？　沼田の親父と俺に被るところなんか一つもないし、あったら逆に自己嫌悪するだろうし』

大鳳は、投獄中でも感じたことがなかったが、こういう状況を「心が折れそうだ」と言うのかと実感していた。これまで迫った相手に一度として拒まれたことも、本気で「嫌だ」と言われたこともない大鳳だけに、求婚までして拒否されたのは「痛い」としか言いようのない状況だ。

「本気で口説きたいなら、次は泊まりで来たらどう？　やるだけやって〝じゃあな〟って、うちはソープじゃないよ」

しかも、痛む傷口に塩を塗ってくるのは、やはり佐原だ。

「まあ、なんにしてもきちんと責任は取ってよ。雫が我慢したのは組のため。それも沼田だけじゃなく、磐田や鬼塚そのものまでかかわってきたから、仕方なしってやつだ。今のところは」

あれだけ言ったのに盗み聞きしてやがったなと、突っかかる気にもなれない。それどころか、今の大鳳は縋れるものならなんにでも縋りたいほどだ。雫のことに関しては、それほど打ちひしがれている。

「お前は俺の味方なのか？」

「俺は雫の味方だよ。だからこそ、どうせ恋をするなら一番利益になる漢がいいだろう」

駄目もとで聞いたが、やはり佐原は縋らせてなんかくれなかった。

「客観的に見たときに、沼田の兄弟よりお前のほうが極道としては格が上だ。漢っぷりもいい。周りを見渡しても、鬼塚と肩を並べられる独身男は見当たらない。組織力も個人的な資産も揃ってるし、家には舅や姑、小姑もいないしね」

むしろ大鳳を追い込み、ますます顔色を悪くさせた。

「まあ、女遍歴は問題ありだけど。どうせ床で受け身にされるなら、少しでも上手い相手のほうが幸せだろう？　男があえて組み敷かれるんだ。本能や屈辱さえ麻痺するような快感がなければ、ただのやられ損だ。馬鹿らしいだけだからな」

「そういや、朱鷺も大した女遍歴だったもんな」

せめてもの仕返しに言ってみたが、佐原は抱えた政光をあやしながら笑うだけだ。

「おかげさまで。それでも二ヶ月がかりの酒池肉林はやったことがないって胸張ってたけど」

「悪かったな。あいつも一度壁の向こうに行きゃ、そうしたくなる気持ちもわかる」

「行かせるわけないだろう、俺がいる限り。朱鷺組の人間は誰一人として、起訴なんかされないよ。たとえ裁判までもつれ込んでも、白でまかり通させる。司法全部を抱え込んでもね」

ときおり見せる本性に、思わず大鳳ほどの漢がぼやく。

「お前、極道以上に極道だな」

しかし、その言葉を満足げに受けると、佐原は大鳳を玄関先まで送りながらトドメとばかりに釘を刺してきた。

「そ。だからお前の以上の男が現われたら、雫には〝乗り替えさせる〟って話だけどね」

佐原は極道を通り越して、すでに悪魔だった。たとえ朱鷺や組の者にとって日本一の姐でも、大鳳にとってはただの悪魔で鬼だった。

「だったら山からヒグマの大将でも連れてくるんだな。あの親父に勝てるのはそれぐらいだよ」

それでも大鳳は、「次は泊まりで来る」とだけ言い残して、朱鷺家の母屋を後にする。

『ったく、薹《とう》の立った女も扱いにくいが、男のくせしてあえて女役に徹してる男は、もっと扱いにくいな。特に、惚れた相手がたまたま男だっただけっていうタイプは、最初にプライド捨ててる分、怖いもの知らずだ。ちゃちなプライドのために足掻《あが》くこともない。羨ましいぜ』

駐車場までのほんのわずかな距離には、朱鷺家のできた舎弟が四名ほど護衛について、大鳳は何事もなく待機させていた車まで戻った。

「見送り大義。煙草でも買ってくれ」

恐縮する舎弟たちに懐から何万か渡し、黒塗りのメルセデスに乗り込むと自宅へ戻る。

「総長。どうやら、お会いできたようですね」

中では橋爪が、預かっていた銃を差し出しながら、着物の袖に着いた花粉をはたいてきた。

「ああ。次は泊まりで来いって怒られたけどな。鬼よりえげつない小姑に」

「？」

それなりに目的は達しても、受けたダメージのほうが大きくていまいち笑えない。しかも佐原に〝漢としての値踏み〟までされているとわかって、のんびり構えてもいられない。

「それより橋爪。沼田の親父の件はどうなった。やったのは金で動いた素人だっていうが、それ以外まだ何もわからないのか」

大鳳は後部席で足を組むと、進展した報告がないかどうか橋爪を急かした。

「いえ、少しは。こちらに資料をご用意しました」

「どれ。こうなったらヒグマだろうが死に損ないだろうが俺にとっては義理の父だからな。一番乗りで犯人見つけて、雫への土産にしてやる」

用意されていた資料を受け取ると、ようやく満足そうな笑みを浮かべた。

6

手渡された資料を目にした大鳳は、しばらくの間無言になった。

ヤクザな商売をしている限り、どこで恨みを買うかはわからない。相手が同業者だという思い込みで捜査を進めると見当違いなことにもなりかねない。だから大鳳は、沼田の人間関係から徹底的に調べさせた。組にかかわるかかわらないを度外視して、単純にその半生を追わせた。

だがその結果、資料を半分も読まないうちに、溜息が出た。

『あの親父は、どれだけ女って女を渡り歩いてきたんだ⁉』

ざっと目を通しただけでも、一歩間違えれば刃傷沙汰に発展しそうな女の影が数えきれないほどあったのだ。

最も近いところから遡るなら、四男・政光の母親は銀座のクラブホステスで、実は本命の愛人が他にいた。相手は失笑を誘うような大物政治家の馬鹿息子で、上手くいかなくなったときに沼田に乗り換えたようだが、もとの愛人からすればこんなに警戒させられることはない。

馬鹿息子の親からしたら、それこそ気が気ではないだろう。どんなに沼田が「元の男になど興味がない」と言ったところで、いつ女のことをネタに因縁をつけてくるかわからない本業・ヤクザだ。ましてや女だって馬鹿じゃない。あえて沼田の肩書を利用するために、新しいパトロンとして選んだ可能性もある。馬鹿息子の親父ほどの権力を持っていれば、保身に走って女も沼田も丸ごと消しにかかってきても違和感さえない。

しかも、その路線でたどるなら、三男・珠貴の母親のもとの男だって充分あやしい。相手は関西極道の播磨組のもと幹部だ。こっちはかなりキレた男で、付き合いきれなくなった女が東京まで逃げた。それをたまたま沼田が拾って面倒を見ているうちにデキてしまったということらしいが、逃げられた男のほうからするといい面の皮だ。一度は自ら沼田を襲っているが、それを庇った女を刺し殺して、結果的には刑務所行きだ。すでに刑期を終えて出所しているはずだが、積年の恨みを持っていたとしてもなんら不思議がない。肩書も動機も、かなり有力だ。

『しかも、雫のお袋はもと舎弟の後家さんで、長男のお袋さんは良家のお嬢様だが、嫁いだ先が不況の折で破綻《はたん》したがために、母子を残して旦那が自殺。借金取りに追われて、息子を連れて死に場を探していたときに、これまた沼田に拾われて、面倒を見られるうちに正妻へ。ってか、この借金取りって、同じヤクザじゃねぇのかよ？　次々出てくるな、似たような展開が』

過去に遡れば遡った分だけ、襲撃の可能性を持った人間が出てくるが、それにしても果たして沼田の家には実子はいるんだろうかと大鳳は思った。もしかしたら全員別の男の子供なんじゃ、沼田の子は一人もいないんじゃと思うような報告書に、ただただ唖然とした。

もっとも、雫の様子を見る限り、兄弟全員がいい父子関係を築いている。

変な話だが、下手な一般家庭よりよほど上手くいってそうだ。

母親のほうにしても、ここまでわけありな女ばかりが集うと、お互い気持ちも理解し合えていがみ合うこともなかったのかもしれない。そうなると、沼田の家は日本にあって完全な一夫多妻かと感心する。なまじ沼田が〝特別な色男〟というわけでもないので、嫉妬よりも感心のほうが勝ってしまって、大鳳も「ヒグマのくせにやるじゃないか」としか言いようがない。いったいどんな手管で落としていくのか、教えてほしいぐらいだ。

それほど資料に添付されてきた女の写真は、年齢こそまちまちだが美人ばかりだった。

どうりで息子たちも見目がいいはずだ。容姿の特徴は違えど、みんな母親似なのだ。

『――とはいえ、もっとすごいのがこれか。なんなんだ、この近頃潜入してきたらしいロシアの女マフィアだとか、チャイニーズマフィアの幹部の妹ともあやしいって。近年縄張りに外国人観光客が増えたのが原因かもしれないが。だとしても池袋の一等地で高級メイド喫茶まで経営してやがるぞ、この親父。最先端っちゃ最先端事業だろうが、何か違う気がする。ここだけは極道が手を出しちゃいけねぇ、世界じゃないのか？　別の意味で踏み込んじゃならねぇ、極の世界なんじゃねぇのかよ？』

資料を見れば見るほど美女が連なり、その背後には物騒な男たちがゴロゴロしていた。

襲撃を食らってから、すぐに犯人の目星がつかなかったのも、こうなるとうなずける。

どんなに調べたところで、これでは的さえ絞れない。時間ばかりが過ぎていくのもうなずける。

襲撃の痕跡から何か摑めればまた違うのだろうが、乱射された弾や銃の型式は裏の世界では流通の多い海外産の改造ものだ。使われた車種を追ったところで、こちらも盗難車。その上鉄砲玉に使われたのが金で雇われただけの赤の他人となると、そこから更に首謀者を追うのは難しい。

ましてや死人に口なし、実行犯の口まで塞がれているとなると、わかるのは決して〝素人じゃない〟ということぐらいだが、資料の中を見渡してもその玄人候補が山ほどいる。

たとえ素人であっても、玄人を使えるだけの金を持っているだけに苦笑しか浮かばない。

『しかもなんだよ、このテディベアは。襲撃される直前に買った姐さんへプレゼントってあるが、クマがクマ買うってどんな親父ギャグだ』

見れば見るほど行き詰まる犯人捜し。なのに、そんな資料の中には銃弾を受けたテディベアの写真もあった。沼田にも銃撃の場にも不似合いな一品だが、なぜか妙に心が和む。

『まぁ、長男がもともとこの姐さんの連れ子ってことは、子供ごと口説いたときの思い出の品なのかもしれないが――。それにしたって、ひでぇ話だな。人の知らないところで勝手に男の嫁を決めておいて、その嫁まで夢中にさせてるんだから…。沼田って親父はよ』

大柄で強面で都会に迷い出た熊より危険な男だとは思うが、豪快で大らかで男気に厚いのも確かだ。ようは、沼田が惚れて口説く女は、ただの〝わけあり〟ではないということだろう。決して男を見てくれでは判断しない、為人を見て選ぶ上質な女なのだと理解できて、大鳳はますます苦笑するしかなかった。

そうか、いい女ほど、とことん馬鹿な男に惚れるものなのだ――――と。

「これじゃあ、絞り込むのに時間がかかりそうだな」

一通り目を通すと、大鳳は橋爪に資料を戻しながら、意見を求めた。

「はい。表立って抗争中の組織があるわけでもないので、余計に難しいかと。警察のほうにも探りを入れましたが、苦戦しているようです」

「捜査のプロもお手上げか。一応、鬼塚の線も洗っとけよ。沼田はただの手始めかもしれない。関東で磐田が天辺に行くのを面白く思わない奴もいるだろうし…。て、まさかそんなド阿呆がうちにいるとかってオチはないだろうな」

情けない不安に駆られて、思わず声が上ずった。

「ないです。さすがにこんなことは、誰一人思っていません。何せほら、できることなら総長に磐田とはご縁続きになってほしいと願ったぐらいですから…。むしろ、ド阿呆なぐらい勢いのある奴が不足してると言っていいかと…」

「よくも悪くも救われてるな。本当に、一度傘下の組長や舎弟どもに活を入れ直さないと、こっちが足元につけ込まれそうだ」

溜息しか出てこない。車が事務所前に到着すると、大鳳は開かれた扉から足を下ろしたところで、舎弟の一人に叫ばれた。

「総長、伏せて！」

通りすがりの車の窓から、突然銃声が響いた。

かけられた声と同時に車の中に押し戻されて、大鳳は中に残っていた橋爪に覆い被さられるようにして、乱射された銃弾から身を守られた。

「ご無事ですか、総長」

ほんの数秒の出来事だった。乱射していった車はあっという間に通り過ぎて、すでに走り去った後だ。

「今のは鬼栄会か？」

一瞬のことだったが、大鳳には黒塗りのメルセデスのドアに鬼の字を象《かたど》った代紋が入っているように見えた。しかも乗っていたのはたった一人の男だ。

「はい。わざわざ代紋掲げた車で、しかもわざと外していったようにも見えたんで、出所された総長への挨拶代わりじゃないかと思いますが」

やはり見間違いではなかったらしい。

「挨拶ね～。なら、しっかり返しといてくれ。粋がるのは地元だけにしとけって。わざわざこっちに来てまで騒いでるとまた死人が出る、次はそっちの頭が豚箱に入る羽目になるぞってな」

「はい。車のナンバー覚えてますんで、すぐにでも」

だが、今のような〝理由に想像がつく威嚇〟ならまだいいと思えた。これならいくらでも仕返しのしようがある。本気の有無もわかるし、すぐにでも対応が利く。

『なんだ、知らないうちに優秀な奴も入ってるじゃねぇか。いいぞ。いいぞ』

だが、こんな駆け引きや抗争に慣れているから、沼田のようなパターンが読みづらい。

沼田の命にいったい何を求めたのか、その意図がわからず、誰もが翻弄されているのだと大鳳には思えて――。


人の口に戸は立てられないとはよく言ったもので、大鳳が襲撃を受けたことはその日のうちに雫の耳にも伝わった。

「いったいどこの誰に」

「挨拶程度のようですが、相手は鬼栄会だと」

今回に関しては、鬼栄会側からのパフォーマンス。大鳳自身が特に騒ぎ立てることをしなかったので、周りも大人しく傍観していた。話はそれだけのことだった。

「それで、怪我は？」

「そこまでは…」

だが、一番肝心なことが話の中には含まれておらず、雫は不安が隠せなかった。大事にはなっていないだけに、大丈夫だろうとは思っても、大鳳の安否が気になり、胸を痛めた。

「雫さん？」

―そう。なんでもないといいけど」

「だって、怪我はしないに限るでしょう。たとえ、どこの誰であっても…」

報告してきた新田は怪訝そうな顔をしたが、雫にはそうとしか言いようがなかった。

雫の目の前では、次々に人が傷ついていく。いくら極道とはいえ、これが日常とは思いたくない。少なくともつい先日まで、雫の前には怪我人などいなかった。ましてや命を危ぶまれる者などいなかったために、たとえ大鳳のことであっても気にかかった。

何事もなくいてくれるなら、それに越したことはない。雫は、散らされることなく残った山茶花やムラサキシキブを生けたソリ水盤を見つめながら、今だけは大鳳の無事を願った。

新田はどこまでも複雑そうな顔をしていた。

そして、雫の心配を察したかのように再び大鳳が朱鷺家に現われたのは、翌日のことだった。

「何、鬼栄会から鉛玉ブチ込まれて、頭でもおかしくなったのか？」

玄関先で大鳳を迎えたのは、今日も政光を抱えた佐原だった。

だが、そんな佐原が珍しく顔を引き攣らせたのは、大鳳が抱えて持ってきた巨大なテディベアのため。包装もせずに剝き出しのまま抱えられてきたそれは、全長百五十センチはありそうなテディベア。まるで実物の熊に面白がってスーツを着せたとしか思えない。ボルサリーノに黒のサングラスまで着いたそれは、マフィアでもイメージしたのか、いずれにしても笑えないものだ。

「うるせぇよ。笑いたかったら、笑え。代わりにその生意気な口から手ぇ突っ込んで、内臓全部引きずり出してやるからな」

特に抱えている大鳳も漆黒のスーツで現われたがため、やはり佐原には頭のネジが一本二本飛んだかとしか思えない。しかも、それだけも可笑《おか》しいのに、大鳳は巨大なテディベアのスーツの懐から、全長十五センチ程度のテディベアまで取り出した。

「ほら、お前のもあるぞ。正真正銘のガキのときぐらい、ガキらしいもん持っとけ。今からモデルガンなんかで遊んでたら、悪い大人になっちまうぞ」

「ばぶっ」

やはりマフィアルックの小型のテディベアは、お世辞にも可愛いとは思えない。が、政光には大いに受けている。手にしたそれをギュッと抱き締めて、至福の笑みさえ浮かべた。

すると、ああ、そうか――と、佐原は政光の喜び方を見て、やっと気づいた。

「悪い大人ね…」

意味がわかると、可笑しなテディベアでも可愛く見えてくるから不思議なものだ。

佐原は、クスクスと笑いながら、大鳳に「上がっていいよ」と目配せをした。

「それより今日は先客か？　表に車があったが…」

「新田が来てるんだよ。知ってるだろう？　沼田の側近。事実上のナンバーツーってところかな。一日一度は病院にも顔を出して、雫に報告に来てる。まあ、兄弟たちは鬼塚の許可が下りない限り雫には会えないから、その代わりってところかな」

長い廊下を歩く二人の姿を、偶然見てしまった舎弟たちは、両目を見開きドン引きしている。

一瞬三人かと思ったうちの一人がテディベアだとわかると唖然としてしまい、何事が起こったのかと半ばパニック状態だ。

「あいつ、どこかで見た顔だな」

しかし、襖《ふすま》が開かれた一室で雫と向き合う男を見ると、大鳳は一瞬足を留めた。

「沼田の家に出入りしてれば、いつでも見る顔だよ。家老みたいな奴だから」

佐原に言われて、「それもそうか」と一度は納得しそうになる。

『いや、待て。そんなはずはない。俺は沼田の家になんか、何十年も行ってない。親父同士は行き来してたかもしれないが、俺は跡目の顔だって知らないぐらいだ。そうでなければ、雫をヒグマだと思い込むわけがない。ってことは、あいつとは別のところで会ってるってことだ』

だが、やはり大鳳は気になった。こんなときに半端に記憶力がいいのも考えものだ。

特に、いつどこで命を狙われるかわからないという緊張感の中で身につけた記憶力だけに、一度気になるとスッキリしない。魚の骨が喉につかえるような不快感、いやそれ以上に気持ちが悪いということになる。

『飲み屋か、務所か、他人の空似？　いったいどこだ？　まあ、佐原が面会を許してるんだ。特に問題はない男なんだろうが』

それでも大鳳が、そんな気持ち悪さをその場で断ち切れたのは、佐原に芽生えた信頼からだった。雫と政光がいる限り、たとえ誰であっても安易に家には上げないだろう。鬼塚が二人をここへ預けたのは、そういう安心もあってのことだ。

「雫、入るぞ」

大鳳は、いつになく気をよくしている佐原と政光に見送られながら、巨大なテディベアと共に部屋へと入った。

「大鳳総長。無事だった――――!?」

雫は大鳳の無事な姿に一瞬安堵と喜びを窺わせた。が、それよりやはり強烈なインパクトを持っていた巨大なテディベアに、それを抱えていた大鳳自身に驚き、声を詰まらせた。言葉にこそならないが、何が起こったのだろうかと、雫の胸中はドキドキだ。見た目は無事だが、中身がそうでないのかと、佐原と同じような心配まで起こる。

「土産だ」

「？」

花を出されても驚くが、これを土産だと言われたら、どう反応していいのかもわからない。

半ば強引に受け取らされても、俺にこんな趣味ありませんとしか言いようがない。

「こいつ、気取ったときの親父に似てないか？　来る途中で見つけたら、どうしてもお前に見せたくなって、それで買ってきたんだ」

「あ…」

しかし、雫は大鳳から説明を受けると、思わず納得した。襖の脇に立った佐原に抱かれた政光も、嬉しそうに小型のテディベアを抱えている。赤ん坊の目から見ても、このいまいち可愛さに欠けたテディベアから、沼田のイメージを受け取れるらしい。

「それにどうも、すみません。お気遣いいただきまして、ありがとうございます」

さすがに「言われてみたらそっくり」とは沼田に悪いので言えないが、それでも確かに本人と被るものがある。

大きな身体、力強い印象、それでいてどこか優しさと安らぎを覚える存在感。

「それより、鬼栄会に襲われたって聞きましたけど…お怪我は」

雫は、雫が抱える分にはさほど違和感もないとわかるテディベアを持ったまま、お礼を言いがてらずっと気になっていたことを確かめた。

「別に」

「…っ、よかった」

答えを聞くと、想像もしていなかったほど安堵した。自然と目頭が熱くなって、雫は自分でも驚き、抱えたテディベアに顔を伏せた。

「雫」

今すぐ抱き締めたい衝動が大鳳に湧き起こる。

だが、ここで猛り狂っては、せっかく生まれたいい距離感を無駄にしかねない。傍には佐原や新田もいるし、ここはグッとこらえて両手をズボンのポケットへ突っ込んだ。

「でも、これを買われたお若い方は、さぞ恥ずかしい思いをされたでしょうね」

雫は、自分の態度に照れくさくなったのか、どうにか笑い話に持っていこうとした。

「いや。買ったのは俺だ」

「！」

はっきりと否定されてしまい、逆に笑えなくなった。

「レジの姉ちゃんは、子供へのプレゼントだと信じて疑ってなかったがな。おかげで〝素敵なパパですね〟と言われて、聞いていた舎弟が酸欠になりかけた。ま、やってみて初めてわかったが、こういうのは〝羞恥心さえ忘れる愛情〟がなければできねぇ買い物だな。沼田の親父を少しばかり尊敬したぞ。ここは嫌味抜きにな」

しかし、笑うに笑えず困ったかと聞かれれば、そうでもない。雫はあっけらかんと説明し、その上沼田に対して尊敬の意を表してくれた大鳳に、心が震えた。

『大鳳総長』

やはり、最初に受けた印象は間違いではない。雫が見上げるような極道でありながら、大鳳は〝悪い人ではない〟と実感させる。むしろ弱者を守り、無駄に争うことを嫌い、彼が雫に選んだ木々の花のような安定や穏やかさを好み、癒しや風情を求める男だ。

『どうしよう。言葉が上手く出てこない』

雫は大鳳を見つめながら、テディベアを抱えた両腕に力を込めた。

『父さんのこと褒めてもらったのに。こんなに気を遣ってもらったのに』

いったいどこから湧いてくるのかわからない戸惑い、そしてどこへ向けていいのかわからない覚えのない感情が雫を悩ませ困惑させる。

『頭が、ぼんやりしてきた。また、熱が上がる――』

すると、立ち尽くす雫から気を逸らし、大鳳が部屋にセットされた茶の道具に目を向けた。

「今日は茶か」

「はい。お時間があるようでしたら、いかがですか?」

雫は抱えたテディベアを壁に寄りかからせると、反射的に大鳳に席を勧めた。一瞬にして緊張が解けてか、すんなりと言葉も発することができた。

「貰おう。時間ならたっぷりある。このまま朝までいるつもりだからな」

「っ?」

「この前来たとき、佐原に〝うちはソープじゃない〟と怒られた。本気で口説くなら手間暇を惜しむな。泊まりで口説けってな」

しかし、一度冷静さを取り戻したかのように感じた分だけ、雫は大鳳から向けられた微笑に全身で反応した。ビクリと震えたかと思うと白い肌を真っ赤に染めて、茶碗を手にしたまま完全に動けなくなった。

あまりにわかりやすい反応をした雫に、見ていた佐原のほうまで頬が赤らんでくる。

「とりあえず、お手前ってやつを拝見しようか。そこのお前も一緒にどうだ？」

「いえ、私はそろそろ組のほうへ戻りますので」

「そうか。なら、みんなによろしく言ってくれ。すぐにでも兄弟になる連中だからな」

わざとらしい大鳳の台詞に憤慨から頬を染めたのは新田ぐらいなもので、残りは完全に大鳳の手管に踊らされて、気恥かしさで目眩を起こしそうになっている。

「あうっ」

生後三ヶ月になるかならないかという乳児に理解できているとは思えないが、なぜか政光まで抱えたテディベアで顔を隠す始末だ。

「失礼します」

よほどいづらくなったのか、新田は一礼したのち部屋を出た。

「ふふ。まんざらでもなさそうだね、雫。大鳳も本気みたいだし。案外上手くまとまるかも？」

佐原が見送りがてら後を追ったが、ついついはしゃぎすぎてか、新田の足を留める。

「何をおっしゃるんですか。雫さんは、立場があるから我慢されているだけです。そうでなければ、誰があんな男に」

「本気で言ってるの？　それともただの願望？」

しかし、新田に凄まれたぐらいで顔色を変えるような佐原ではない。逆に真顔で聞き返されて、新田のほうが返答に困っている。

「――――今日のところは帰ります。お忙しいところ、すみませんでした。朱鷺組長にもよろしくお伝えください。どうか、雫さんをよろしくお願いいたします」

「わかった。伝えとく。誰か、表まで送って」

「へい」

これ以上は絡まないほうが賢明だろうと踏んだ佐原は、後は近くにいた舎弟に任すと、今更雫と大鳳のもとへも戻れず、政光を抱えたまま自室へ向かった。

「新田か。小さいな～。気持ちはわからないでもないけど、雫の婿としては論外だな」

「ばぶっ」

「何、お前もそう思う？　そうかそうか」

実は、雫に提供した客間よりもすごい子供部屋と化している一室に入ると、すっかり首が据わってお座りもできるようになった政光を麻雀卓につけたベビーチェアに座らせ、何やら象牙の牌を山積みにして、〝悪い大人〟への英才教育を着々と進めていた。

「それにしてもマメだよな、大鳳って。普通はお前にまで気が回らないだろうに、やるとなったら抜け目のない男だよな。実は俺たち好みの利口さだ。な、政光」

「ばぶっん」

テディベアを片手にご機嫌の政光は、やはり本当に理解しているとは思えないが、目の前に置かれた麻雀牌で積み木の真似事を始めると、

「お、国士無双。すごいな、政光。そうそうこれで国士無双だからな。よく覚えとくんだぞ」

偶然揃ったにしては奇跡的な十四の牌を手元に摘んで、佐原を上機嫌にした。

「それにしても、今夜は泊まりか？　誰が布団を敷くんだろうな。案外大鳳だったりして」

気分はすでに、娘婿でも泊まらせるような母親の心境だ。朱鷺が帰って来たときの驚愕など、まるで考えていない。

だが、それから数時間後のことだった。

「姐さん、大変です」

「どうした？」

遊び疲れて政光と眠り込んでしまった佐原は、緊急を知らせに来た舎弟によって起こされた。

「病院を張らせていた若いのから、連絡が入りました。沼田のおやっさんがやられたそうです。生命維持装置が誰かに外されて…」

「何？」

まさか――そこまでするとは考えていなかった。

佐原だけではない、生死を彷徨《さまよ》い続ける沼田相手に、いったい誰がそこまですることを予想しただろうか。そこまで憎んで余りあるのかとも思うが、だとしてなぜ今頃？

佐原には、犯人の思惑に皆目見当もつかない。

「あ、でも、そこは病院側が気づいて賢明な処置をしてくださったおかげで、助かったそうなんです。なので、安心してください」

「脅かすなよ」

しかし、命に別状がなかったと知り、佐原の全身から力が抜けた。一瞬とはいえ、どうやって雫に説明すればいいのかと息が詰まっただけに、この補足説明には心底から安堵した。

「すみません。ですが、明らかに刺客が送り込まれたってことです」

「病院にまで…。誰もついてなかったのかよ」

「いえ、専属でついていたそうなんです。ただ、さすがに疲れが出たのか、居眠りをしている間にやられたらしくて」

「――…、そんな馬鹿な。いくらなんでもタイミングがよすぎるだろう。その隙を狙ってたとしか思えないじゃないか」

そうして落ち着いてくれれば、おかしなことがいくつもあることに、嫌でも気づく。

そもそも面会者に制限のある特別病棟。それにもかかわらず、堂々と出入りできて、沼田や付き添いの様子まで観察できる刺客など、ほっといても限られるだろう。院内に勤めているか、入院患者かその身内。少なくとも、限られた人間しか出入りが許されない病棟での犯行だけに、これまでに比べれば犯人の目星をつけるにしても、そうとう捜査範囲が狭まったことになる。

「はい。あ、でも今回の騒ぎだか、処置だかがよかったのか、意識が戻ったそうですよ」

「馬鹿、それを先に言え!! 雫! 雫!」

しかし、佐原の驚きはまだ続いた。それも今度は吉報だ。

「でも、まだまともに口が利ける状態ではないと…」

「そんなのどうでもいいいんだよ」

佐原はベッドで寝ぼけている政光を小脇に抱えると、急いで雫のもとへ走った。

「雫！　雫、親父の意識が戻った。今すぐ病院に行くぞ」

「え！」

突然開かれた障子の奥では、今まさに大鳳が本腰を入れて雫を口説いていました、プロポーズしていましたという状況だったが、そんなことは構わない。

「この際だ、大鳳！　お前も来い。あ、これ持って」

「っっっ」

佐原は完全に上から目線で命令すると、部屋の隅にあった紙おむつ入りのバッグを掴んで大鳳に押しつけた。その様子に悲鳴を上げそうになっている舎弟を押しのけ車庫まで走ると、その後は朱鷺組と覇凰会の車二台で病医へ駆けつけ、まずは雫と沼田の対面を無事に果たさせた。

「父さん…」

一時はどうなることかという騒ぎにもなりかけたらしいが、意識が戻った沼田の周りからは、以前に比べて生命維持装置の機器が減っていた。これを不幸中の幸いと言っていいかどうかはわからないところだが、雫はベッド際にしゃがみ込むと、酸素マスクや点滴といった見慣れたものだけがつけられた沼田の手を取り、その顔をじっとのぞき込んだ。

「俺がわかる？　ちゃんとわかる？」

「っ…っ」

まだ上手く言葉は出てこないようだが、沼田は雫を見ると微かに笑った。

その手を微力ながら握り返し、何か言いたげにうなずいたようにも見えた。

「――――っ。よかった。よかったね、母さん」

「雫…っ」

雫は、車椅子でここまで来た香夏子に声をかけると、二人で静かに涙を零した。

その姿を見ると、佐原はホッとしたように部屋を出て行き、付き添っていたヨシや病院側に、詳しい状況を聞き込みに行く。

「っ…」

しかし、そんな佐原の顔はわかっても、沼田は雫の背後にいた大鳳のことがよくわからなかったようで、視線を向けると眉をひそめた。

「お久しぶりです。覇凰会五代目総長、大鳳嵐。あなたが決めた雫の許嫁ですが」

「っ…っ」

思えば最近まで投獄されていた大鳳が沼田と最後に会ったのは、最低でも七年前。

下手をすれば、十年以上も会っていなかっただけに、この自己紹介内容には沼田も両目を見開いた。誰が誰の許嫁だと言わんばかりに、眉がつり上がっている。

「ここに至った説明は、あとでゆっくりさせていただきますよ。親父さん」

沼田の様子は大鳳に、「やっぱり飲んだ勢いで決めやがったな。しかもそのことを忘れてやがったな」と確信した。が、それはそれ。こうなったらとことん婚約話を盾に取ろうと心に決めて、自分はあくまで親の言いつけを守るいい息子に徹した。頑に約束したことは実行する仁義に熱い漢に徹して、沼田が反対しようものなら、鬼塚にも援護させようと企んだ。

そんな火花散る争いが、よもや視線だけで展開しているとは気づかず、雫は涙を拭うと沼田の手を今一度握り締める。

「それより父さん。今回の襲撃、いったいどこの奴にやられたのかわからない？　もしくは、ここに繋がっている維持装置、勝手に弄って父さんの命を奪おうとした奴に心当たりはない？」

沼田が無事なら、本人に聞くのが一番手っとり早い。雫は、それさえわかれば、すぐにでも自宅へ戻り、もしくは無理をしてでも駆けつけてくるだろう夏彦や珠貴と共に、しっかりと犯人なり組織なりにけじめをつけに行くことを決めた。

「…ぁっっ…っっ」

「ある？　わかる？　やっぱり無理か…。ずっと意識を失くしてたし…」

素人を使っての襲撃も許せなかったが、院内に忍び込んでの犯行は、卑劣以外の何ものでもない。これに関しては、たとえ相手がどんな立場の人間であったとしても、雫は許せないと思った。

怒りがじわじわと湧いてくる。

「っあ、――――ごめんなさい」

だが、沼田から犯人の手掛かりだけでも聞き出そうとした雫に待ったをかけたのは、携帯電話の着信音だった。さすがにここにきて、電源を切るまでの配慮ができなかったが、咄嗟に取り出した携帯電話に表示されていたのは新田の名前。雫は沼田から精密機器が外されたこと、こんなときだけに早急だと困るという懸念から、窓際まで行き電話を受けることにした。

「何、どうした新田。俺？　今病院にいるよ」

「っ、ぃぅ…っぅ…っ」

沼田はそんな雫を目で追い、心配そうに唸《うな》り続けた。

「え⁉　それで今どこに…。わかった。すぐに向かうから…。俺が行くまで持ちこたえて」

会話が進むと同時に、雫の表情がどんどんと強張っていく。

「どうした？」

「すみません。ちょっと出てきます。珠貴がまた、暴走しているらしくて」

大鳳も心配して声をかけてきたが、雫は電話を切ると早急の用事ができたことを伝えた。

「なら俺も行こう」

「いえ、向こうは俺が行けはどうにか収まります。ただ、こんなことお願いするのは見当違いだってわかってるんですけど、今だけ父や母の傍にいてもらえませんか？　すぐに代わりの者を寄こしますので、それまでの間だけ」

いっときとはいえ、この場で雫が負傷した沼田夫妻を預けられるのは、大鳳しかいなかった。

佐原は舎弟たちを連れて聞き込みに出ているし、病院とはいえ何が起こるかわからないことを実感させられた今、やはり大鳳と彼の舎弟たちに任せていくことが一番安心だと思えた。

「────わかった。ここは任せろ。せっかく助かったものを、三度目の正直なんて仕掛けられたらたまったもんじゃねぇからな」

「ありがとうございます。では、父さんと母さんをお願いします」

雫は深々と頭を下げてから、その場に居合わせた舎弟二人を連れて、病室を離れた。廊下ですっかりしょげていた、居眠りをしてしまったヨシにも声をかけ、四人乗りの車で病院を出る。

「っ！　ぃぅ…っう。ぃぅ…っぅ」

沼田は急いで帰った雫が気になるのか、出入り口に視線を向けたまま、懸命に指の先を伸ばしていた。まだまだ身体の自由が利かないらしく、動く部位は極わずかだ。

「どうした、苦しいのか？」

「っ…っぅ、ぅっ」

大鳳が声をかけると、懸命に首を振り、上手く呂律が回らないながらも、何かを伝えようとしている。

「────っ、まさか…。誰にこんな目に遭わされたか、わかってるのか？　それを先に雫に伝えたかったのか？」

沼田の異変に大鳳は、感じたままのことを聞いてみた。

「っ…っ」

「誰だ。そいつはどこの誰なんだ！　どこの組の奴なんだ⁉」

するとやはりそうかという反応を示したが、いくら意識が戻ったとはいえ、一度は植物状態になるかもしれないと言われた沼田だ。いきなり何もかもが上手く機能しているわけではない。

「あっ…ぁ…ぁ…ぃっ」

本人が必死なのは伝わってくるが、何を言いたいのか大鳳にはまったく聞き取れない。

香夏子にわかるかと訊ねても、これは無理だと俯かれるだけだ。

「ぁ…ぁ…ぃっぉっ…っっ」

いっそ、思いつく限りの組織名や幹部の名前を片っ端から挙げてみようかと、大鳳は考えた。

「雫、部屋に飲みかけの珈琲《コーヒー》カップが残ってなか…、どうした？　大鳳。沼田の親父は、どうかしたのか？」

そんなときに佐原が戻り、ベッドの傍まで駆け寄ってきた。

「どうやら襲撃の犯人を知っている。今、聞いていたところだったんだが、呂律が回らないみたいで、聞き取れない。で、そっちは？　珈琲カップってなんだ？」

「いや、それならいい。ちょっと代わって」

大鳳から説明を受けると、自分の用は後にし、真正面から沼田の顔をのぞき込んだ。

「沼田。俺の言うことが正しければ、ほんの少しでもいいから動くところを動かして。いくよ。そいつの名前の最初の文字はア行？」

佐原の機転に、大鳳はただただ感心した。

「カ行？　サ行？」

これなら多少の時間はかかっても、確実に名字なり名前なりが聞き出せる。

「夕行？」

佐原は沼田の反応を見落とさないようにしながら、同じ問いを繰り返した。

最初に五十音の行を聞き、次に文字を聞いて、一文字一文字探り出しながら、沼田が雫に伝えようとした犯人をじわじわと突き止めていった。

＊＊＊

病院を後にした雫は、走行中の車内で舎弟たちに事態を説明していた。

「誰だ。一体誰なんだ。坊ちゃんの父親が、十中八九おやっさんじゃないって。それも本当は、敵対していると言っても過言じゃない播磨組のもと幹部。母親を殺した張本人だなんて言ったのは。そんなこと聞かされたら、おかしくなっても当然だ。誰だっておかしくなるって…」

沼田が病院で襲われた、意識が戻った、そんな事態が立て続けに起こったにもかかわらず、夏彦や珠貴から連絡がなく、また病院に姿も見せなかったのは、それどころではない事態になっていたからだったと。

「珠貴の自慢、いや…支えは兄弟の中で唯一父さんの実子だって信じていたことだからね。どんなに兄さんに敵意を剥き出したところで、それは俺への感情がいっとき生み出しただけのことで。本当は兄さんのことだって大好きなはずだから…」

いったい誰から聞かされたのか、自分の出生を知った珠貴は、夏彦共々病院へ向かう途中の車をジャックし、突如として暴挙に出た。同乗していた若い運転手に銃を発砲、手負いの夏彦の命を盾に取り、新田に運転をさせながら「これから晴海埠頭へ向かう。雫も一人で来い」と要求し、現在自らも移動しているような状態だったのだ。

「そうですよ。最初に暴れたのだって、若に疑われたことがそうとうショックだったみたいで。それで、言い争ううちに雫さんのことになって、感情に駆られた若を刺しちまったものの、引っ込みがつかなくなって…。でも、あんなことして、誰より後悔していたのは坊ちゃんです。あっしらも、そのことは見てましたし…。だから若も責めきれなくて…」

雫は、言われたとおり一人で向かうかどうかを悩んだが、傍にいた三名だけはあえて連れていくことを選択した。雫が勝手な行動をすれば、逆に周りから変に思われる。ヨシたちどころか、大鳳や佐原まで人を動かし、消えた自分を捜索しかねない。

しかも、自宅に知らせが入れば、勘のいい八島が何も察しないはずがない。すぐに話は鬼塚のもとまで伝わってしまい、身内の話では終わらせられなくなってしまう。

それならば、雫は一番疑われにくい形を取ることで、時間を稼ごうとした。できれば周りをごまかせている間に、自分が珠貴に会って説得し、それでことを収められればと願っていた。

ただその半面で、万が一にも再び自分が珠貴にキレてしまった場合、何をしても止める人間が必要だから、ヨシたちを連れてきた。新田一人では自分を止めきれないだろうと危惧したからこそ、あえてこの三人を同行したのが雫の本心だった。

「…坊ちゃん」

雫の説明を聞くと、ヨシたちは肩を落としながらも納得した。

「――次から次へと、なんでこんなことに」

これまでよかれと思って伏せてきた事実が、かえって今になって珠貴を傷つけたことに胸を痛めた。夏彦にしても雫にしても沼田の子ではないのだから、むしろ珠貴にも本当のことを言った上で「それでも自分たちは家族であり、兄弟だ。かけがえのない存在だ」と言って育てるべきだったのかもしれない。だが、さすがに珠貴を産んだばかりだった母親を殺したのが、実の父親かもしれないとは、沼田も言い出せなかったのだろう。それを知る新田や幹部たち、夏彦や雫にしても口にはできなかったのだから、これに関しては知っていた者たちの責任だ。

全員が口裏を合わせて、珠貴の母は沼田を庇って逝った。そのこと自体は不幸だったが、極道の妻としては女気を貫いた。沼田組の誰もが感謝してやまない女だったと言って育て、相手の男のことは言わずに伏せてきたのだから、どうしようもない話なのだ。

「とにかく、俺が説得できればいいけど、そうでなかった場合、何が起こるかわからない。でも、これだけは約束して。俺が俺でなくなったら、お前たちで――ね」

それでも、兄弟で骨肉の争いになりかねない事態に、ヨシたちは自らも腹をくくった。

「いいえ、その必要はありませんよ」

「え？」

「どうしてもってときには、珠貴坊ちゃんは俺が殺ります。おやっさんをとられかけた俺からけじめの場を、名誉挽回の場をどうか奪わないでくださいね」

特にヨシは、自分が居眠りをしてしまった間に沼田を危険に晒してしまった。その責任を盾に取って、雫には絶対に何もさせないと断言してきたのだ。

「ヨシ…」

できることなら、珠貴に思い直してほしい。またいつものわがまま、子供のような駄々こねであってほしいと願いながらも、車を指定された晴海埠頭へ向かって走らせながら――。

しかし、その頃病院の談話室では。

「まずい。電源を切ってる。雫の奴、誰とも連絡を取らないつもりだ。珠貴が暴走してるって、信じてるからだと思うけど…。でも、連絡ができなきゃ騙されてることさえ伝えられない。雫を呼び出したのは珠貴じゃない。夏彦と珠貴を人質に取って暴走してるのは、新田のほうなのに…。新田が沼田を手にかけた犯人だったたっていうのに、それさえ伝えられないなんて！」

何度電話をかけても雫に繋がらないことから、佐原がひどく苛立ち始めていた。

「そう、カリカリすんな。とりあえず、舎弟も同行してるんだし」

「同行している奴らも、全員電源を落としてるんだ。たぶん、雫が指示してるんだろうけど。これじゃあ、居場所が特定できない」

こんなことになっているというのに、変に落ち着いている大鳳が腹立たしくて、つい口調が荒くなる。

「だからそう、がなるなって。居場所なら新田を追っても突き止められる」

「簡単に言うなよ。その新田だって、どうやって追うんだよ！」

「ん？　それはな――――と」

いったいどんな手立てがあって、こんなに大鳳が平然としているのか。それが佐原にはわからなくて、更に怒鳴ったところで大鳳の携帯電話が鳴り響いた。

「そうか。わかった。なら俺たちもこれから向かう。ありがとう」

大鳳は、佐原に「少し黙っとけ」と目配せすると、簡単に会話をすませて電話を切った。

「新田は今、晴海埠頭だ。鬼塚が応援を向けた。雫もう着く頃だろうから、俺たちも早く追いかけよう」

「どういうことだよ？」

今度は「ほら、行くぞ」と合図され、お互いの舎弟たちを交えて駐車場まで走るが、佐原は何一つ納得できず、大鳳に説明を求め続けた。

「策士、策に溺れるってやつだな。何を慌てたんだか、新田は今になって自宅に八島を置いて行かれたことを忘れて行動したってことだ」

「――――あ。八島か」

すると、ちょうどエレベーターに乗り込んだところで、佐原はようやく納得した。

「そう。犯人が組の中にいるなら、八島が見逃すはずがないんだよ。たとえ犯人だと思ってなくても、こんなわけのわからないことばかり続く中で、少しでもおかしな行動を取れば、必ず奴の目に留まる。それが珠貴だろうが、夏彦だろうが、新田だろうが同じってことだ」

獅子身中の虫とも言える新田の存在。

だが、こんなことさえ見越して送り込まれていたのだろう八島は、鬼塚の期待に添う仕事を見事に果たした。今も、見舞いに出かけるには妙だと感じた夏彦たちを車で追跡、着いた先が晴海埠頭だったことから、急いで鬼塚に連絡を入れてきたのだった。

「だから、落ち着いてたのかよ。新田が真犯人だってわかっても、雫が騙されて呼び出されたってわかっても」

「まあな。鬼塚が、こんなときに〝使えない漢〟を送り込むわけがないだろうから」

大鳳は、八島の存在を踏まえていたからこそ、逆に犯人が沼田の中にいるなら、すぐにでも解決すると思った。と同時に、沼田から〝新田〟の名が明かされた衝撃からか、自分の中でもやもやしていた記憶までもが突然晴れて。大鳳はすでに自分が新田を追っていた、今この瞬間も一部の舎弟たちに新田の行方を追わせていたことに気づいて、これならすぐに見つかるだろうと落ち着いて構えていたのだ。

「それに、うちにもちゃんと使える連中はいるからな。たとえ威嚇であったとしても、主に向かって発砲するようなド阿呆は、地獄の底まで追っても見つけ出す。鬼栄会からも〝そんな阿呆は知らん〟と言われたからな、余計に躍起になって捜したんだろうが。ほら、その甲斐あって見つかったらしい。なぜか追跡するうちに晴海埠頭に到着、八島とかち合っちまったもんだから、対応に困ってるみたいだけどな」

大鳳は改めて携帯電話を取り出すと、今送られてきたばかりの報告メールを佐原に見せた。

「え？　それって、まさか」

「そ。どうりで身覚えがあると思えば、俺に発砲してった男だったってことさ。パッと見だったから、すぐにピンと来なかったがな」

メールに添付されてきた写真画像には晴海埠頭の景色、そして倉庫の一室に入っていく新田や手負いの夏彦たちが写し出されている。

「でも、どうして新田がこんなこと…」

これなら内情を知らない雫が到着しても安心だ。八島に大鳳の舎弟がすでに待機中なら、新田と接触する前に保護されるだろう。

「さあな。そもそも親に手をかけるような奴の動機なんて知らなくてもいいんじゃねぇのか？　俺はいかなる理由があっても、やられたらやり返すだけだ。他に理由はいらねぇしな」

「大鳳…」

それでも不可解な謎は山ほど残る。新田が大鳳を狙ったことは完全に私怨だろうと想像がつくが、長年世話になっている沼田を襲った理由がわからない。特に出世欲のない男だと聞いていただけに、佐原は新田がなぜこんなことをしたのか、その動機が知りたかった。

知る必要などないと言い切った大鳳に心を揺さぶられながらも、やはり検察庁に勤めていた前職の癖は、なかなか抜けるものではなかった。


一方、晴海埠頭の一角にある倉庫内では――――。

「お前らが気軽に声なんかかけてくるから、こんなことになったんだぞ」

両手両足を拘束されて柱にくくりつけられた八島が、力いっぱいぼやいていた。

やはり一人で動くのは気軽でいいが、後ろに目がないのは困る。こんな醜態を晒す羽目になったのは、何年ぶりか。もしかしたら初めてかと思うと、苦笑しか漏れなかった。

「知りませんよ。俺らはただ、素人さんに迷惑かけたら困ると思ったから、どっか行ってくれって言いたかっただけですし」

八島と同じ柱に拘束されていたのは、覇凰会の若い舎弟三名だった。こちらはこちらで、まさか追ってきた新田が組織内で反乱を起こしている。しかも、たどり着いた倉庫内に仲間を隠していたとは思ってもみなかったので、悠長にメールを送った後に捕まった。せっかくひと旗揚げるチャンスだったにもかかわらず、八島といがみ合う羽目になってしまった。

「どんな素人だ、てめぇらはよ。覇凰会の躾も大したもんだな」

「鬼塚の顔なら覚えてますけど、その下にどれだけいるかわからない幹部や舎弟の顔なんか、いちいち覚えてませんって。だったら覚えられるぐらいの大物になってくださいよ」

「可愛くねぇ…。てめぇの無知を棚に上げやがって」

それでも、周りをぐるりと囲む大勢の、ざっと見ても四、五十人はいそうなチャイニーズマフィアの外国人たちを前に、こんな話ができる彼らはまだ肝が据わっていた。

八島にしてみれば沼田のお家騒動を追ってきて、どうしてここで見るからに不正入国者たちに囲まれなきゃいけないのかがわからない。

「飛んで火に入る夏の虫とはよく言ったもんだ。思いがけない大物まで一緒に始末できる喜びに、胸がわくわくする」

わかっているのは、流暢《りゅうちょう》な日本語を話す三十前後の男が、外国人たちのボスだということ。

「そうですか。おそらく、これからもっといろんな連中が集まってくると思いますよ。八島が連絡してるはずです。さすがに鬼塚まで出てくるとは思えませんが…。鬼塚が直接寄こすような精鋭部隊ぐらいなら来るだろうし、朱鷺辺りも来るかもしれない。あとは、大鳳。奴は必ず来ますから、いかようにでもしてください」

これだけの人数を、あらかじめここに呼んだのが新田だということ。

「それは楽しみだ」

「それより、喜び勇んで殺る相手を間違えないでくださいね。殺るタイミングも間違えないように。私と雫さんがここから出てから。そう、船で沖に出た頃にしてください。そうでないと、眠れる大蛇を起こしてしまう。それは私だけでなく、あなた方にも大変危険なので…」

しかも、新田は雫だけを連れて国外逃亡する気だった。こうなると八島は、雫よりも援軍が先に来るのを祈るしかない。新田一人と信じている鬼塚がどれほどの人間を回してくるかはわからないが、とにかく一人でも多く駆けつけるのを待つしかなかった。

「了解。それにしても遅いですね、新田の花嫁は。もしかしたら、来ないのでは？　どこからかあなたの策略が知れて、逃げてしまったのではないですか？」

「たとえそうであったとしても、必ず来ますよ。そのために、わざわざ同行してもらったんですから――こんな怪我人たちに」

新田が視線を向けた一本先の柱には、夏彦と珠貴、そして若い舎弟がくくりつけられていた。

「新田…。貴様…っ」

「どうして？　なんでだよ。何がどうしたら、お前がこんなこと！」

いずれも怪我を負った状態で、更にここへ来てからもいたずらに痛めつけられて重傷だ。これでは自力で拘束を解くのは絶望的な上に、それができたとしても逃げられるかどうかさえあやしい。

「さあ。どうしてでしょうね。理由だけなら珠貴坊ちゃんとそう変わらないかもしれない」

「俺と？」

それでも生まれたときから一緒にいるような相手の裏切りだけに、珠貴は理由を聞きたがった。いったい何が新田にこんなことをさせているのか、その原因を知りたがった。

「ええ。表立った役目こそ担《にな》ってはこなかったですが、私こそが沼田を継ぐ者だと思ってきました。おやっさんの跡目を継ぎ、雫さんを我が妻にし、磐田の中でも一目置かれる漢となって一花咲かし、そしていずれは力のある漢に後を任せて散っていく。それが自分の定めだと思っていましたよ。二十年もの間」

静かに語り始めた新田は、普段となんら変わらないように見えた。

「けど、沼田は力のある漢が継ぐ、強い者が継ぐと言われながらも、おやっさんはいざとなったら、跡目を若にと言い出した。組やおやっさんのために自ら手を汚したこともないひよっこ以下

の若に、全部任せることにしたから、お前も支えてやってくれと言ってきた」

新田が雫に気があることは、珠貴にしてもうすうす気づいていた。が、跡目に関して野望をのぞかせたのはこれが初めてで、二人はやはり〝力〟が新田を狂わせた。変えてしまったのかと奥歯を噛み締める。

「まぁ、それでもいっときは、おやっさんの死期が近いと思ったんで受け入れましたよ。若に跡目をっていうのは、結局は長年仕えてくれた姐さんへの感謝とけじめでもあるんだろうし。私も姐さんには親身になっていただいた。我が子同然に可愛がっていただきましたから、〝あの子をお願い〟と頭を下げられれば、嫌とは言えない。たとえ跡目の話が撤回されても、次に何かあったときには若を担ぐ。そう思ってましたよ。すっかり元気になったおやっさんから、雫さんが望むなら若と一緒にさせてもいい。いっそ二人に沼田を任せるか…なんて、言われるまではね」

しかし、その後新田は、跡目への野望に関しては諦めたことも明かした。

明かした上で、やはり雫への思いが一番の原因かと耳を傾ける者すべてに思わせた。

「それなのに、ある日突然何食わぬ顔で言うんですよ。雫に許嫁がいたのを思い出したって。そろそろ出所してくるから、お前、相手がどんな漢が見極めてきてくれないかって。私は、雫さんに惚れてる男です。けど、おやっさんはそれを承知で、あえて私に頼んできた。おやっさんの性格から、これが嫌がらせだとは思えなかった。ただ単に、私の目を信じて任せてくださったから、私は心して行ってきましたよ。猛暑の大阪へ――――」

ここにきて、沼田自身がどれほど新田を追い詰めていったのかも伝わってくる。沼田にどんな意図があったのかは沼田にしかわからないが、ここで話を聞く限りでは、自然に新田への同情も湧いてくる。

「一切の私情は抜きにして、漢が漢を見極めるんだと自分に言い聞かせながら、大鳳嵐の出所を見に行った。すごいもんでした。迎えは関西一の大組織、音羽会の総長。おそらく東京から組員が出向けば騒ぎになる。それを危惧して音羽が動いたのでしょうが、だとしても圧巻でした。こんな漢が相手なのか…。雫さんの許嫁なのかと思うと、私も同じ漢として、潔く諦めるしかないかと一度は思いました」

大鳳の出所が、かつてないほど盛大なものだったことは、日本中の極道に知れ渡っていた。それを間近で見たと言うなら、さぞ圧倒されたことだろう。男としても、漢としても。

だが、それより何より新田を震撼させたのは、大鳳のご乱行のほうだった。

「けど、奴はとんでもない好色だったんですよ。出てきたとたんに酒と女に入り浸り。まぁ、おやっさんが忘れていたぐらいだし、きっと自分に許嫁がいるなんて知らないで、出所祝いに盛り上がってるんだろうと最初は思いましたけど。けど、実はそうじゃなかった。大鳳は、雫さんって人との約束があるってわかっていながら、酒池肉林を続けやがった。それも一日や二日じゃない。二ヶ月ですよ、二ヶ月。正気の沙汰とは思えない。いくら久しぶりだからって、酒と女に入り浸りで二ヶ月――それも東京にも戻らずに、関西に居座ったまま延々とですよ」

この場合、それなりに思惑があってそうした大鳳に罪はないだろうが、自業自得は免れない。新田の憤慨は誰もが理解できるところだ。

「しかも、事あるごとに〝誰がヒグマのガキと一緒になれるか〟って息巻いて。それなのに、そんな男だって報告したにもかかわらず、おやっさんは〝そりゃ大物だ〟って言うんです。〝雫が気に入れば、やっぱり一緒にさせるか〟って笑ったんです。正気の沙汰じゃないでしょう?」

経緯を話すうちに、新田の顔にますます憎悪が漲《みなぎ》ってきた。

「でも、仕方ないんでしょうね。おやっさんは、自分が今になって愛人に子供を産ませるような男ですから。大鳳のことも笑ってすませられたんでしょう。けど、俺は笑えなかった。大鳳にもおやっさんにも同じ男として同調できなかったし、間違っても雫さんを大鳳になんかやりたくなかった。いや、今更誰にもやりたくなかったから、俺が雫さんを貰うと決めて…」

新田にしても、大鳳が雫にかかわってさえこなければ、何をしようが笑っていられたかもしれない。少なくとも、沼田共々ここまで嫌悪することもなかっただろうが、これればかりは言ったところで始まらない。新田は怒りに任せて、行動した後だ。

「たとえどんな手を使っても。そいつらチャイニーズマフィアたちと手を組んでも。俺が雫さんと二人で、これからの沼田を盛り上げていきたかった」

どんな理由があったところで、新田の殺意と行いが正当化されることはない。

「だから、手始めに親父を狙ったのか。いや、狙わせたのか」

ましてや外国人マフィアと手を組み招き入れるなど、もってのほかだ。これればかりは故郷を縄張りにする日本の極道として、あってはならないことだ。

「おやっさんがいなくなれば、沼田がガタガタなのはわかってたんでね。ついでに若と坊ちゃんがちょっといがみ合ってくれれば、武澤辺りが俄然張り切るのも想像がついた。みんな簡単でしたよ。ちょっとした噂に踊らされて。俺が手を下すまでもなく勝手に刺したり、暴れたり、さすが極道ってことをしてくれて」

新田はその後も得意気に罪を自白した。

「しかも、ここでぐちゃぐちゃになってくれれば、結局沼田を収めるのは雫さんしかいなくなる。俺の計画どおりだった。あとはおやっさんが回復さえしなければ、犯人もわからないまま、雫さんが代行から組長になるか。もしくは、雫さんの後押しで、俺が組長になればいいだけだった。若や坊ちゃんなら簡単に丸め込むなり、始末するなりできる。いつでもこいつらが殺ってくれる予定だったんでね」

何も知らずに踊らされていた自覚がある夏彦や珠貴にしてみれば、後悔ではすまない話だ。

「けど、あの夜坊ちゃんが余計なことをしてくれたおかげで、雫さんは大鳳…。しかも、せっかく若に坊ちゃんを殺れるチャンスをやったのに、今度は鬼塚の野郎が邪魔をしてきて。どんどん、どんどん俺が描いた絵とは違っておかしくなってきて…。しかも、結果的に雫さんまであんなどうしようもない女ったらしに、いいようにされる羽目になって！」

しかも、それだけ裏で糸を引きながら、結果的に雫は大鳳と出会ってしまった。それも新田が知らないところで、珠貴を原因とする以前に。これはもう、当人同士の縁としか言いようがない。誰が結びつけたわけでもなく、二人は少なからず鬼塚を訪ねた日に出会ってしまっているのだから、新田が足掻いたところで無駄だったということだ。

「いっそ、もう一度務所にでも行ってくれればと思って、わざわざ鬼栄会のふりして発砲までしてやったのに。奴はそのけじめさえつけずに、雫さんをたぶらかして…」

「だからって、どうして二度まで父さんを殺そうとした？　今だって、なんで兄さんや珠貴をこんな目に遭わせてる？　関係のない人たちまで巻き込んでるんだよ！」

たとえどんな理由をつけたところで、夏彦や珠貴と一緒に話を聞いてしまっただろう雫を憎悪させ、本気で奮い立たせるだけだ。

倉庫の出入り口から響いてきたのは、到着すると同時に外国人たちに捕らえられてしまっただろう、雫の怒声だった。拘束こそされていないが、両腕を男たちに摑まれた姿を見ると、八島は奥歯をグッと嚙んだ。

「雫さんが、あんな男に心を奪われようとしてるからですよ。あんな、どうしようもない女ったらしが決めた、どうしようもない女ったらしの婚約者に、どんどん惹かれて現実を忘れていくから、思い出させてあげようと思ったんです」

一緒に捕らえられたヨシたち三人は、交戦するも数で負けたのか、すでに足腰が立たない状態で中まで引きずられてきた。そのまま夏彦や珠貴と同じ柱に拘束されて、彼らの周りには数人の男たちによって、灯油がまかれ始める。

「あなたは沼田の花だ。宝だ。そしてそれは沼田の長になるべく俺の花であり、俺の宝だってことなんです」

「新田！」

八島や大鳳の舎弟たちの周りにも、そして倉庫内にも次々に灯油がまかれていき、雫はどうにかやめさせようと新田に訴えかける。

「今私に逆らったら、あっという間にご兄弟はあの世行きですよ。関係のない連中まで、ついでに殺られてしまいますよ」

しかし、新田は男たちによって差し出された雫の身体を抱き締めると、耳元に顔を寄せて静かに言った。

「あいつらは、沼田が欲しいとか磐田をどうしたいとかってレベルでここにいるんじゃない。もっと、もっと凶悪なことを考えて、この場でデカイ花火を上げたがってるんです」

その間にも　到着するなり思いがけない攻撃を受けたか、もしくは人質を取られていることを見せつけられて逆らえなかったのだろう朱鷺と数名の舎弟、佐原や大鳳と舎弟たちといった者が次々と拘束されて、倉庫内へと連れ込まれてくる。

「嬉しそうでしょう。そりゃ嬉しいでしょうね。沼田に朱鷺に八島の頭が一度に飛べば、さすがに鬼塚でもしばらくは自由が利かなくなる。その上大鳳の頭まで一緒に飛べば、関東連合そのものに大きな風穴が空くことになる」

誰一人声も上げられない状態のまま倉庫内の柱に繋がれていき、目配せをし合うもどうすることもできない。事を起こして、引火されたら全員が一巻の終わりだ。

「さ、時間です。行きましょう、雫さん」

「どうするつもりだ？　いったいここで何をするつもりだ。やめろ。彼らを解放しろ‼」

だが、このまま手ぐすねを引いていても、結果は同じ。新田たちが去り際に火を落としていけば、柱に拘束された者たちは焼死するしかない。

「何も気にしなくていいんです。これからあなたは私のためだけに生きればいい。私だけの花になって、一生愛されればいい」

こうなっては、唯一拘束されていない雫がどうにかするしかない。たとえ新田の情に縋ることになったとしても、とにかくこの場を回避するしか術がない。

「やめろ！　馬鹿なことはするな――っ！」

しかし、そんな蜘蛛《くも》の糸ほど細い頼みの綱は、鈍い銃声と共に突然切れた。

「ぁっ…っ。な…」

新田は雫の目の前で射殺され、足元に崩れ落ちると血の海を作り始めた。

「いいや、お前程度の男に、この花は似つかわしくない。どうせだ。私が貰いうけよう」

新田を殺ったのは、外国人グループのボスだった。

「お前…っ」

「しょせん、裏切り者の末路なんて、こんなものだろう。誰か、こいつを連れていけ」

「やっ――っ」

誰が見ても、仲間割れとも言えない結末だった。相手は始めから新田の要求をすべて呑むことなど考えていない。単に一人でも多くの漢を始末したかった。それも、関東極道の中でも力のある漢たちを、一人でも多く、短期間のうちに始末するために利用されたに過ぎない。

「ボス。こいつはどうしますか？　なかなかいいですよ」

「放せ!!　触るな」

誰もがそれを悟った直後、静まり返った倉庫内に佐原の声が響いた。

「なら、そいつも連れていけ」

柱からの拘束は解かれたものの、両腕を後ろ手に縛られたまま、雫と共に倉庫の外へ連れ去られようとしている。

「朱鷺っ。朱鷺!!」

極限まで追い詰められた佐原が発したのは、その場に残されたままの男の名前だけだった。

しかし、朱鷺のほうからは一言も発せられない。

ちらりと視線を送り合った大鳳や八島と覚悟を決める。こうなったら二人だけでもこの場から遠ざけること、確実に生かすことが、この状況でできる唯一のことだ。

たとえ五分、一分でも自分たちより長く生きてくれれば、無事に助け出される可能性はゼロではない。まだこの場には鬼塚が来ていない。知らせを受けたはずの沼田組の者たちも来ていない。

どんなに新田一人が相手だと思ったところで、知れば来ないはずのない男たちだけに、捕らわれた男たちの希望は彼らがこの異常事態に気づいてくれること、ただそれだけだった。

「あとは、煮ても焼いても食えそうにないな。一気に始末しろ」

男は柱に繋がれた者たちを見渡すと、それだけを部下に言い残して倉庫を出た。

「やめろっ。やめろっっ!!」

倉庫の外では気も狂わんばかりに佐原が叫んでいた。

雫は目の前で新田が殺されたショックからか、未だ呆然としている。

「そろそろか」

そうするうちに、倉庫に残った外国人たちだけが出てくると、その直後に炎が上がった。

「季節外れだが、デカイ花火が上がるな」

男がふてぶてしいまでの笑みを浮かべた瞬間、ドンと爆発音が上がると共に、倉庫が轟々《ごうごう》と唸りを上げて火を噴いた。

「ぁっ…っ、朱鷺…っ。朱鷺っっっ!!」

佐原から悲痛なまでの声が上がった。一体何が起こったのか理解したくない。

双眸に映し出された業火の中に朱鷺がいる――八島や大鳳たちがいることなど、誰が信じられるだろう。

「ほらほら。あんな奴らのことは、すぐにでも忘れさせてやるよ。一緒に来――っ」

男は泣き叫ぶ佐原の髪を鷲摑みにし、強引にその場から連れ去ろうとした。が、ふいにその手から力が抜けて、佐原の前で身を崩した。

「ふざけるな…」

「っ…、雫?」

すでに意識がもうろうとしている佐原が目にしたものは、完全に正気を失くした雫の目だった。

血に塗れた木材を握り締める雫の手だった。

「何が花火だ…。人でなし」

油断した隙にボスをやられた男たちが、怒号を上げて雫に襲いかかった。

しかし、そんな男たちに一笑を浮かべると、雫は自ら襲い来る男たちの中に身を投じた。

「兄さんを返せ…。珠貴を返せ…」

雫は特に声を荒らげるでもなく、ぽつりぽつりと呟きながら、手当たり次第に男たちを握り締めた木材で叩きのめしていく。

「ヨシを、八島さんを…、大鳳を…、みんなを返せ」

木材が折れれば、相手が手にした銃を奪い乱射。弾が尽きれば、今度は刃物を奪ってめった刺しにする。

『雫!!』

その姿は舞っているかのように軽やかで鮮やかだが、雫の全身は血色に染まり、その目は完全に狂気で満ちている。

「逃がさないよ。誰一人」

怒号を上げて襲いかかっていたはずの男たちの声がいつしか悲鳴に変わる。

迫りくる恐怖から逃れようと、男たちのほうが死にもの狂いで雫から逃げる。

「佐原!!」

愕然とする佐原のもとへ朱鷺が駆けつけた。

「っ、朱鷺!? どうして無事…っ、鬼塚!?」

朱鷺の後ろには鬼塚が、そして八島や夏彦たちも揃っている。

「間一髪だ。晴海埠頭に、不審な外国船が停まってるっていう知らせが入ったんだ。それで調べていたら出遅れた。おかげで一緒に捕まらずにすんだけどな」

本当ならすぐにでもホッとしたい。安堵し、朱鷺の胸に飛び込みたい。

「それより、これはいったい…」

しかし、今の雫は佐原にそれさえ許さなかった。目の前で数えきれないほどの男たちを倒して、地獄絵図のような血の海を作り続けている。

「止めてくれ…。誰か、雫を止めてくれ」

その様子を目にして、夏彦が自身を支えてくれていた八島に縋った。

「雫が、雫でなくなっちまう!! 誰か、誰か雫を止めてくれ!!」

珠貴が舎弟たちに縋った。

「うわぁぁぁぁっ」

傷つきながらもヨシが雫のもとへ走って押さえようとするが、摑んだ着物をはだけただけで、投げ飛ばされて終わった。

「――――大蛇」

着物がはだけて現われた雫の背には、黒々とした大蛇の姿が浮かんでいる。可憐な蓮の花の刺青の上に、くっきりと現れている。

「もう、いい。やめろ!!」

大鳳は、初めて雫を抱いた夜に見た大蛇が、決して錯覚ではなかったことを実感した。

確かに雫の中に大蛇はいた。淡い薄紅の蓮の中に、ジッと息をひそめていたのだ。

「もう、やめろ。全部片づいてる。起き上がってこられる奴は一人もいないから、もうやめるんだ雫!!」

まるで大蛇の化身にでもなったような雫は、向かってくる者などもういないというのに、足元に転がる男に摑みかかって起こしては、暴行を繰り返していた。

「邪魔をするな。こいつらが悪いんだ。こいつらが全部」

大鳳は、その手を摑んで押さえにかかったが、逆に襟元を摑み返され、自分のほうが首を絞められる。

「雫っっ!!」

この細い身体のどこにこれほど力が秘められていたのかと思うが、これはただの暴力ではない。何種類もの武道の技が入った格闘技だ。それも必要最低限の力だけで相手を的確に仕留めていく殺人技にも匹敵していて。だからこそ、何十人もの男をなぎ倒した後だというのに、雫にはまだ力が残っている。

「邪魔をする奴も、殺す」

『どこのどいつだ、こんな殺人技を仕込みやがったのは!』

大鳳を相手にしていることもわからない狂気の中で、ただ邪魔な者を排除するという目的だけで動いている。

「大鳳」

「来るな!!　誰も手を出すな!!」

このままでは自分のほうが殺られる。だが、その危機感をもってしても、大鳳は加勢しようとした鬼塚を退けた。

「邪魔するな」

雫は大鳳がわからないまでも、倒した敵とは一緒にしていない。邪魔をするなと言っている限り、区別だけはつけている。

「わかった。わかったから、もうやめろ。もう、終わりにしろ」

大鳳は、ほんのわずかに残っているかもしれない雫の理性に賭けたかった。

「俺が終わらせてやる。俺が、もとのお前に戻してやる！」

今にも薄れていきそうな意識の中で、両腕に力を込めるとそのまま雫を抱き締めた。

「っ!!」

有無を言わせず口付ける。

「っんんっ、んんんっ!!」

深々と合わされた口付けから逃れたい一心からか、雫が大鳳を突き放そうとした。が、締め上げられた首元が自由にさえなれば、大鳳のものだ。

「今更逃がすか」

「っんんっ…っ。っ!!」

今よりもっときつく抱き締め、深く口付け、そしてわずかな隙を狙って当て身を食らわす。

「――――っ」

大鳳の拳が綺麗に鳩尾《みぞおち》に入ると、雫は身体をぐったりとさせたまま意識を失くした。

乱闘で緩んだ着物の帯が解かれて、はだけた着物がずり落ちる。

「おっと」

大鳳は、乱れ落ちた着物と共に雫の身体を抱き支えると、その背から次第に消えていく大蛇を見つめて、ホッと溜息を漏らした。

『終わった…か?』

まさか意識を取り戻したときに、再び暴れ出すことはないと信じたい。

「嵐!! 大丈夫か」

「どうにか…。まさか、最後にきてこいつが大ボスだとは思わなかったけどな」

声をかける鬼塚に、大鳳はそう言って笑った。今はそれしかできなくて――――大鳳は雫を抱き締めながら、乾いた笑いを漏らし続けた。

7

意識が戻ってからの急変を危惧して、雫は沼田夫妻が入院中の病院に運ばれた。

よほど暴れ疲れたのか、ベッドに横たえられた雫は、深い眠りに就いていた。

目覚めたときにはいつもの雫に戻っていてほしい。誰もがそう願わずにいられない。

そんな中、大鳳は沼田の姐から雫のことを聞かされた。

雫が見せた豹変、そして二人が婚約を誓うに至った過程の話を改めて——。

「雫は、沼田の側近をしていた男の子供なんです。その人も、見た目は優しい方ですが、いったん切れると感情をセーブできなくなるところがあって。普段は穏やかでいい人なのに、いざ戦闘に入ると血に飢えた獣のように容赦がなくなる。その上、蛇のように執念深く敵を追い詰め、倒していくことから〝沼田の大蛇〟の異名を持っていたほどだったんですが…。結局は、年々自身の変化に心がついていかなくなってしまい、浴びるようにお酒を飲むようになった末に、事故で亡くなりました。それで残された奥さんを、身重だった露子さんを沼田が面倒見ることになって…。雫は沼田の子として生まれ、そして育ったんです」

聞けば雫の父親は、沼田組が一代で飛躍した立役者だった。

若い頃から沼田のもとで暴れており、生きていれば間違いなく今でもその名を知られる極道、最強の戦士だったと誰もが言うだろう、諸刃の剣《つるぎ》のような漢だった。

「ただ、沼田が雫にその人の血を感じたのは、雫が四歳の頃だったと思います。あの日は雫の父親の命日で、身内だけで集まって偲《しの》んでいました。特に、磐田の先代と嵐さんのお父様は沼田と年も近くて、雫の父親のこともよく知っていたので、仲もよくて、とても懐かしんでいらっしゃいました。ただ、わたくしが雫の異変に気づいたのは、そんなときでした」

しかし、死んだはずの男は、ある日突然現われた。

〝来て――――誰か来て！〟

〝どうした香夏子…、雫！〟

雫の身体を借りて、その姿を見せた。

「雫は、大事にしていた小鳥の雛を襲われた怒りから、野犬を撲殺していました。それまで虫一匹殺したことなんかない子が、すでに死んでいる野犬を狂ったように木刀で打ち続けて…。辺り一面を血に海にして。返り血を浴びながら…、それでもやめようとはしなかったんです」

それがつい先ほど大鳳たちが見た雫の姿だ。

〝やめるんだ。もういい、もう、いいから、やめるんだ〟

〝やだ。邪魔しないで。だって、こいつが悪いんだよ。こいつが…悪い〟

〝わかってる。わかってるが、もういい。やめろ〟

まるで別人のような――――雫の姿を借りた父親だ。

「誰もが雫に死んだ父親を重ねたようで…、動けなくなりました。そんな中、雫を止めてくれたのは、嵐さんです。覚えてないと思いますが、血の海に飛び込んで雫を救ってくれたのは、当時まだ中学生だった嵐さんだったんです」

しかし、ここで大鳳はまったく覚えのないことを聞かされて、口ごもった。

〝っ…っ。ぅっっ…っ〟

〝可哀想に…。怖かったな。大丈夫だ。お前が悪いわけじゃない。お前はいい子だ。お前に罪はない〟

香夏子に様子を説明されても、思い出せない。自分のことを言われているようにも思えない。

やはり二十年は伊達《だて》ではない。そうでなくともその二十年の間に記憶に残る出来事が多すぎて、大鳳は過去に雫と出会っていたこと自体、覚えていなかったのだ。

「嵐さんは、雫を落ち着かせると抱き上げて、沼田のところに連れてきてくださいました。それで沼田も、ようやく雫を抱いてやることができて…」

〝雫…、もう二度とするな。こうなる前に俺を呼べ。お前は決して血に飢えた獣にはなってはならんのだ…。ましてや沼地に潜む大蛇のようになってはならんのだ〟

〝お前は、お前だけは沼地の中にあっても咲き誇るような花になれ。未来永劫美しく、そして薫り高く咲き誇れ〟

〝雫…。俺の宝。沼田の花――――〟

「沼田は、そのときに心に決めたんです。雫に関してだけは、たとえ極道の家には似つかわしくない、女々しく見えるような子でも構わない。あの子を大蛇にするぐらいなら、可憐な花のような子に育てようと。だから雫にも、お前は花になれ。この家の者たちの癒しになれるような存在になれと言い聞かせて…。武道はあくまでも護身として。日々お茶やお花や日舞に触れることで、静かで穏やかな子になるようにしてみようと考えて…」

その後のことも香夏子に説明されるが、まるで思い出せなかった。

「ただ、それでも雫の行く末が心配だったんでしょう。いつまでも親が見てやれるわけではないですし。それで、その夜はずいぶん飲まれて、皆様に将来の不安を漏らしておりました。皆様〝沼田の大蛇〟の恐ろしさは嫌ってほど知っていたので、沼田の泣きごとも黙って聞いてくださって…。それどころか、万が一のときには、代わりに俺たちが雫を押さえてやると。見てやるから安心しろって言ってくださったのですが…、そのときだったんです。嵐さんが皆様の前で…」

だが、思い出せないのも当然だった。

〝何言ってんだよ。みんな似たりよったりの年してるのに、沼田のおっさんが死んだときには、誰も生きてないって。ヒグマより長生きできると思ってんのかよ〟

〝嵐っ。てめぇ、なんてことを〟

〝本当のこと言われて怒るなよ。だから、のちのちは俺が引き受けてやるって。あの子がまた大蛇にならないように。二度とあんな真似しないように。自分のせいでもない極道の血のために狂わされて、悲しんで、泣かないようにさ──〟

雫と初めて出会った日、大鳳は法要の席に連れていかれたのをいいことに、一日中好き勝手をしていた。もしかしたら、一日ほろ酔いだったのではないかというぐらい、父親たちが飲んでいた酒をちょいちょい盗み飲みし続けていたのだ。

〝あ、いっそ俺が嫁にでも貰ってやろうか。十年は無理でも、二十年もすればいけんだろう。なんせあの子、すげえ美少女だったし、そうしようぜ。だから安心して逝ってもいいぞ、おっさんたち。これからの関東は、いや日本は、この大鳳嵐が背負っていくからよ。なーんてな。あっはははは〟

その結果、大鳳は香夏子が苦笑して説明するような事態を引き起こしていた。

「あ、覚えがないのはわかってるんですよ。でも、幼い雫を娘と間違えたのも、父親たちに交じって飲んだお酒で酔っぱらって、雫と結婚するとおっしゃったのも、実は嵐さんなんですよ。あと、なんでもいいから今日の約束を書いておけって迫ったのも…。わたくしが皆様にペンをお持ちたので、これは間違いないです」

あれだけ「何やってんだ、この馬鹿親父たちは」と捲し立てたくせに、すべての原因は自分にあった。それも中学生の分際で、酔った勢いというのをやらかしていたのだ。

「ただ、それを皆様が本当に箸袋にしたためたのは、これもいつか笑い話になるだろうからと思っただけで。翌日には何も覚えてなかった嵐さんに、本当に雫と結婚しろだなんて、誰一人言うつもりもありませんでしたから。だって、雫が息子なのは皆様わかってましたから」

鬼塚に知れたら何を言われるかわかったものではない。大鳳は、返す言葉もなかった。

「それでも、嵐さんのお気持ちが嬉しかったので、うちでもあの箸袋は大事に取ってあります。が、そういう事情ですから、これに関しては本当に気にされなくても…――」

しかし、すっかり肩を落とした大鳳を励ますように、香夏子が言った。が、ここでそんなフォローをされては困る。横で寝たきりの沼田まで、うんうんとうなずき、婚約話そのものをなかったことにしようとしているのだ。

「いや、そんなことは言わないでください。本気じゃないと困るんです。俺がすんなり雫を貰い受けるには」

「？」

「だから、沼田の親父が元気になったとき、ごねられたら一番始末に悪いんで、あの婚約話は生かしといてもらわないと困るって言ってるんです」

大鳳の説明に、香夏子も「まぁ」と驚きながらも納得する。自分が病院にいる間に雫に起こった数々の出来事の中には、どうやら一番待っていたことも含まれるらしい。

香夏子は大鳳が気に入ったのか、満面の笑みだ。

「ってことで、まともに口が利けるようになっても、文句言うなよ。雫は俺が貰うからな」

「うっぅぅっぅ」

沼田に至っては、全身で「冗談じゃない。お前みたいな節操なしに誰が雫をやるか」と訴えているが、そんなの今更聞き入れるわけがない。

「何、安心しろ。俺は約束は果たす男だ。二度と雫に今日のような思いはさせない。じゃあな、お大事に」

「っぅっっっぅっっ」

こうなったら一日も早く回復して大鳳を追っ払わなければとジタバタするが、そこは香夏子に

「まあまあ」と制された。

「旦那様、往生際が悪いですよ。そりゃ、嵐さんも浮き名を流した方だと存じておりますが、雫は昔から旦那様が大好きなんです。やはり似たような方に惹かれてしまうんですよ。父親としては本望じゃないですか、日本一女ったらしな父親としては！」

笑顔で、そうでなくともボロボロになっているテディベアの腕をぶっちぎって見せられたら、再び口を噤んで、意識不明のふりもした。

「ね、旦那様」

それでも、未だに香夏子からの〝いつあそこを切られるかわからない〟という恐怖だけは忘れることができなかったために、沼田はいつでも逃げられる体勢を作るために、その後はリハビリに勤《いそし》しんだ。切られてたまるかという一念だけで、主治医も驚くような回復ぶりを見せた。


すべてを知った大鳳が雫のもとへ向かうと、雫は佐原の付き添いのもとで目を覚まして、泣き崩れていた。

「情けない話ですけど、一度熱くなると、自分ではどうすることもできないんです。誰かが止めてくれなければ、自分ではブレーキがかけられないんです」

眠っているうちにすべてを忘れられるわけもなく、雫は狂気に捕らわれたときの自分のことも微かに覚えているために、かえって死んだ実父と同じように苦しんでいたのだ。

「大事なものを壊されると、身体の奥底から怒りが込み上げてきて…。血を見れば見るほど、何かこう…、残酷な気持ちになるのが止まらなくなってきて…。そんな俺を落ち着かせてくれるのが、いつも沼田の父でした。どんなに俺が暴れそうになっても、あの大きな身体で、逞しい腕で、力ずくで俺を制してくれました」

雫が大鳳に話を始めると、佐原は黙って退出した。

自分がついていなければという心配はない。大鳳が傍にいれば大丈夫だろうと自然に思えて、談話室で待機していた朱鷺や八島、鬼塚のもとへ戻った。

突然現われたマフィア、倉庫一つの炎上、新田という死亡者に雫の手にかかった大量の重傷者の処理、警察への対応と、これから片づけなければならないことは山ほどある。

今以上雫に負担をかけないためにも早急に、そしてできる限り内密にだ。

「俺はそのたびに、大蛇にはならず、人間でいられたような気になりました。けど、その半面父さんがいなければ俺はどうなってしまうんだろう…っていう不安も日増しに増えてきて。どんどん、父さんの傍から離れられなくなって…。今でも、幼い頃の夢をときどき見るんです。あの血の海を――――」

そんな佐原や鬼塚たちの配慮に、大鳳も今だけは甘えていた。

傍まで寄ったベッドの縁に腰かけると、震えの止まらない雫の手に手を伸ばしたが、その手は触れる前に引かれてしまう。

「俺がこれまで大きな問題も起こさず、他人に特別危害を加えることもなく生きてこられたのは、全部父さんのおかげです。そして、父さんが不在のときは、兄さんや側近が代わりを果たしてくれて…俺を人間でいさせてくれたんです」

それどころか、雫はまるで大鳳を敬遠するかのように「自分は沼田が好きだ。この思いは変えようがない」と口にする。

「それでも、自分の中には実の父がいる。残虐なまでに血に飢えた大蛇の血が流れていて、それは決して無視しきれないことで…。俺が背中に蓮の花と一緒に大蛇を秘めたのは、むしろそのことを記しておくためでした。あいつが現われたときは、俺はもう俺ではない。普段の沼田雫ではなくなっている。けど、そうなったときには周りに被害を出す前に、俺を止めてほしい。たとえ、俺の息の根を止めてもいいから殺人鬼にはさせないでほしいという、周りへの合図も込めて入れたんです」

まるで、今にも永遠の訣別を切り出されそうで、大鳳は強引に雫の手を握り締めにいった。

「馬鹿を言えよ。どんなときでもお前はお前だ。沼田の親父やお袋さんが育てた沼田雫だ」

「っ…」

握り締めたからといって引き寄せるわけではなく、そのままギュッと摑んで、自分の存在を伝えた。

「お前は戒《いまし》めだというが、俺には浮かび上がった大蛇が、まるでお前を守護しているように見えた。薄紅色の蓮の花に囲まれた菩薩でも守るように、邪《よこしま》な目で見る男を威嚇するように」

そうして大鳳は、雫の背中に描かれていた大蛇を見たことを明かし、自分なりに感じたことを口にした。

「きっと彫師には、わかってたんだろう。本来のお前の姿、心の美しさ。だから、どんなときでもお前を守れる守護神として彫り込んだ。決して狂気の現われではなく、お前の中にいる父親に、子を守る役目を与えた。俺には、そんなふうに見えたけどな」

これは雫に気を遣ったというよりは、本当にそう見えたから言ったことだった。一度は自分が威嚇された覚えがあるからこその本心だ。

「っ――――、大鳳総長」

雫は、戸惑いながらも手を振り解くことができない、それどころか徐々に体温が上がってくる自分に、ふとこんな思いをするのは何度目だろうかと気がついた。

「雫、恋に恋する時間は終わった。こうして話を聞けばわかる。お前の親父への思いは狂気から逃れるための依存であって、恋じゃない。熱くなった心と心、身体と身体をぶつけ合って愛し合いたいっていうような激情じゃない。ただの勘違いだ」

「そんなことは…」

思えば最初に切れた鼻緒を直してやると言われたところから、雫は大鳳から向けられたものを拒めないでいる。ときには親切であったり、抱擁であったり。そんなのは信じられないと思うような言動だったりすることがあるのに。いつも拒めず、振り払うこともできず、完全に否定できないでいる。

だが、それもそのはずだったということを、大鳳は明かしてきた。

「そんなことはある。なぜならその幼少の事件で、お前を血の海から救ったのは親父じゃなくて、この俺だ。さっき沼田の姐さんがそう言った。だから、そのときの記憶が鮮烈に残っていて親父に惚れたと思い込んだんだとしたらそれは大間違いで、惚れた相手は俺だったたってことだ」

「────？」

ずっと記憶に残っていた優しい声、不安を和らげてくれた抱擁こそが大鳳のものだったと。

「ま、俺がその事実をまるっきり覚えてないぐらいだから、お前が記憶違いを起こしていても不思議はない。しかも、四歳のお前を気に入ったから将来嫁にくれと言ったのは当時の俺らしいから、酔っぱらい親父たちのこともとやかく言えないし。ま、こんなことはどうでもいいんだ。俺がこの年になって、お前に惚れたってことが大切なんであって。後はお前が俺に惚れればいいだけだからな」

しかしそれは、今となっては大鳳が言うように、さほど問題ではないのかもしれない。大切なのは今であって、雫が誰に恋をしているのかということだから────。

「これからは、大蛇が姿を見せるまでお前を攻めるぞ。俺の腕の中であいつが現われたとき、そのときからあいつはお前にとって戒めではなく、俺への愛の証になる。血肉が湧き立つような凶暴さの証じゃない。愛し愛される悦《よろこ》びの証にな」

雫は、大鳳が握り締めた手に力を入れ、ゆっくりと引き寄せ抱き締めてくると、次第に鼓動が高鳴ることに、これは沼田の抱擁からは得られないものだと実感した。

「好きだ。お前が好きだ。どんなに卑劣な漢になっても、欲しいと思ったのはお前が初めてだ。

たとえ沼田や賢吾と命の取り合いになっても。そう覚悟して抱いたのは、お前だけだ」

いつも緊張と高揚が入り乱れ、決して安心だけをくれる抱擁ではないことに、特別なときめきがあったことを自覚した。

「時間はかかるだろうが、俺を好きになれ。一生後悔はさせない。お前もお前の家族にも舎弟たちにもだ。だから、俺を――――!?」

ただ、自覚したらしたで、雫は全身が真っ赤になって火照ってしまった。

「って、早すぎるぞ。俺はまだ何もしてないのに、なんで出てくるんだ。この大蛇は」

着せられていた院内着の襟の隙間からでもはっきりとのぞけるほど、その背に大蛇を浮き上がらせて、抱き締めてきた大鳳を不思議がらせてしまった。

「え!?　わかりません。でも、面と向かってそんなこと言われたら、いろんな意味で恥ずかしくなってきて…、急に身体が熱くなって」

過度な興奮や高揚で体温が上昇すると浮き上がる化粧彫りされた大蛇。まさかそれが〝ときめきのバロメーター〟になってしまう日が来ようとは、誰が想像しただろう。少なくとも、雫は考えたこともなかった。

「そういう意味の熱かよ。お前もけっこう失礼だな。こっちは渾身の一撃のつもりで口説いてるんだから、恥ずかしいより好きって言えよ。それに気づいたから思わず火照ったって…」

大鳳は、それでも雫の言い訳の仕方が気に入らないと難癖をつけて、わざとらしく院内着の前ボタンに手をかけてきた。

「ま、出てきたら出てきたで、一緒に愛してやるだけだけどな」

そのまま器用に外して肩から落とすと、現われた白い肌と淡い薄紅の蓮の花の上に、なぜか恥ずかしそうにして浮かんで見える大蛇を愛おしげに撫でつける。

「――――ぁあっ、総長」

雫は、肩から首筋、背中にまでキスをされると、震えながら大鳳の腕を掴んだ。

「光源氏も悪くないな。四歳の頃のお前を見染めたってことは、そうとう俺には先見の明があったんだな」

「そんなこと言って、きっとこれからたくさん出てくるかもしれませんよ。酔った勢いで作った許嫁が」

こんな仕草や会話のやりとりが、愛し愛されているようで、また胸が高鳴る。

「出てきたところで、俺にはお前だけだよ」

「父も似たようなことを母に言ってましたけど…。結果的には妻と名のつく女性が三人。家の外まで数えたら、数えきれないぐらいいました」

「俺はお前で終わりだ。手いっぱいだ。男に二言はない」

このまま大鳳が雫にとっては、一期の男になるのだろうか？

それで本当にいいのだろうかと自問しながらも、雫はこの瞬間も逃れることができない、逃れようとしていない自分が、すでにその答えなのだろうと思うことにした。

「大鳳総長は、本当にこんな危なっかしい俺でいいんですか？」

鬼塚の屋敷で出会ったときから覚えた胸の苦しさ、身体の熱さ、すでに答えは出ていたのかもしれないが、ここまで迷った分だけ、きっとこれからは迷わない。

「お前でいいんじゃない。お前がいいんだ。人の妻じゃなく、俺の妻がな」

雫は、大鳳の腕を摑んだ手に力を入れると、初めて心から身を寄せた。

「花でも大蛇でも構わない。俺が虜《とりこ》になったのは、この匂い。お前の匂いだ」

幅広く逞しい肩に、頑丈な胸に寄り添いながら、肌に触れてくる大鳳の愛撫にも身を任せた。

「甘い、花の蜜のようなお前そのものなんだから、それでいいんだよ――」

その後雫が噂ではなく、本当に〝妻〟となるべく大鳳のもとへ行ったのは、新田の四十九日が過ぎた翌年、沼田が無事に退院した新春のことだった。

おしまい♪

あとがき

こんにちは、日向《ひゅうが》です。去年発刊した「極・嫁」が皆様に喜んでいただけたようで、今回は「もう一冊極でいきますか？」となりました。編集部経由での熱いお手紙の効果は絶大です。感謝!! そして、浮かれた私は「嫁の次は妻か？」とシャレで返したのですが、「じゃあ妻で！」と即決めになってしまいまして…。後々「え、妻…嫁より気合の入った妻!?」と自分の首を絞めました。だって嫁が〝あの佐原《さはら》〟ですよ。ってことは、ますます夫の肩身が狭くなるような気がして…（泣）。ま、妻とはいえ新妻も人妻もいろいろあるので（逃げ）、楽しんでいただければ幸いです。そして私と一緒にぜひ、極上で艶＆雅な藤井《ふじい》先生ワールドも堪能してくださいませ♡ 今回も本当にお世話＆ご迷惑をおかけしたにもかかわらず、素敵な極漢《おとこ》＆妻を描いていただきました。藤井先生、大感謝です！ 担当様を始めとする編集部の皆様にも心からありがとうです！ で、次に「姐」ってあるんですかね？ いや、下手なことは言わないでおきますね（笑）。

ちなみに現在「極・同人誌」制作中です。詳しくはブログで。

それでは、またどこかでお会いできることを祈りつつ――。

http://www.h2.dion.ne.jp/~yuki-h/　日向唯稀《ゆき》♡

CROSS NOVELS既刊好評発売中

お前の尻になら、敷かれてもいいぜ？

事務官の佐原が飼っているのは、極上の艶男で!?

極・嫁

日向唯稀　Illust **藤井咲耶**

「極道の女扱いされても、自業自得だ」
ある事件を追い続けていた事務官・佐原が、極道の朱鷺と寝るのは情報を得るため。飼い主と情報屋、そこに愛情などなかった。だが、朱鷺にすら秘密にしていたものを別の男に見られた時、その関係は脆く崩れ去った。朱鷺の逆鱗に触れた佐原は、舎弟の前で凌辱されてしまう。組の屋敷に監禁され、女として扱われる屈辱。しかし、姐ならぬ鬼嫁と化して行った家捜しで、思いがけず事件の真相に近づけた佐原は、犯人と対峙するために屋敷を飛び出すが!?

CROSS NOVELSをお買い上げいただき
ありがとうございます。
この本を読んだご意見・ご感想をお寄せください。
〒110-8625
東京都台東区東上野2-8-7　笠倉出版社
CROSS NOVELS 編集部
「日向唯稀先生」係／「藤井咲耶先生」係

CROSS NOVELS

極・妻

著者
日向唯稀

2011年2月23日　初版発行　検印廃止

発行者　笠倉嗣仁
発行所　株式会社　笠倉出版社
〒110-8625　東京都台東区東上野2-8-7　笠倉ビル
[営業]TEL　03-3847-1155
FAX　03-3847-1154
[編集]TEL　03-5828-1234
FAX　03-5828-8666
http://www.kasakura.co.jp/
振替口座　00130-9-75686
印刷　株式会社　光邦
装丁　團夢見(imagejack)
ISBN　978-4-7730-8545-7
Printed in Japan

CROSS NOVELS